乡念

何锦龙诗词集

何锦龙·著

文化艺术出版社
Culture and Art Publishing House

图书在版编目（CIP）数据

乡念 : 何锦龙诗词集 / 何锦龙著. — 北京 : 文化艺术出版社, 2021.12
ISBN 978-7-5039-7120-4

Ⅰ. ①乡… Ⅱ. ①何… Ⅲ. ①诗词—作品集—中国—当代 Ⅳ. ①I227

中国版本图书馆CIP数据核字（2021）第187637号

乡念：何锦龙诗词集

著　　者　何锦龙
策划编辑　郭丽媛
责任编辑　丰雪飞
封面题字　何锦龙
责任校对　董　斌
封面设计　姚雪媛
出版发行　文化艺术出版社
地　　址　北京市东城区东四八条52号（100700）
网　　址　www.caaph.com
电子邮箱　s@caaph.com
电　　话　（010）84057666（总编室）　84057667（办公室）
　　　　　84057696—84057699（发行部）
传　　真　（010）84057660（总编室）　84057670（办公室）
　　　　　84057690（发行部）
经　　销　新华书店
印　　刷　国英印务有限公司
版　　次　2022年1月第1版
印　　次　2022年1月第1次印刷
开　　本　710毫米 × 1000毫米　1/16
印　　张　17.25
字　　数　51千字
书　　号　ISBN 978-7-5039-7120-4
定　　价　88.00元

关于诗词的遐想
（代序）

我不会写诗，更不是诗人。一天，突然冒出要试试写几句诗的痴人梦想。

曾有过诗的尴尬。记得小学五年，班上出板报，每位同学交一篇诗稿。我犯难了，找来春联范本，把一副靠着韵脚的对子抄了交上去。老师好一番表扬，我脸红到肚脐，再不敢碰诗了。

中学语文课有唐诗宋词。其间的七律五律对仗句式让我颇感兴趣，却不敢去迈诗的门槛。20 世纪 60 年代中叶那一场劫难破碎了大学梦，我走入了军营。启程那一天，一位同学送我一纪念册，扉页有他的填词《清平乐》，其中“漫道过关斩将，当记败走麦城”一句，我一辈子不会忘记。30 岁那年初为人父，仍无成就可言，强作感慨，憋出一首《三十初度》，自知那不是诗，终不敢拿出来见人。

依着对书法的兴致，常常读诗抄词，对诗词自是有了些许感觉。到晋江从事公务的次年，县诗词协会编辑庆祝中国共产党成立 70 周年诗集，指定要我参与，便硬着头皮凑了一首《水调歌头》，请县上知名老诗人改过后交账。尽管那些句式节律未合，切韵不正，用典缺失，意境尚浅，却是我写诗最初的萌动。但写诗填词的笔终究过于沉重。

2002 年春，我随团北访，一位旅友每到一城总有“一首外一首”，美美地拿出来让大家品鉴。他的率真让我好生感动：“为什么我就那么薄脸？”于是学步同人，觅辞凑句，弄出来一首《初访蓬莱》。有了第一便试着接二连三，遇景遇物一有感触，便搜肠刮肚，堆凑几句，意在记录粗浅心得，渐渐有了些许积累。但我很清楚，这一沓东西，除了字数整齐外，格律意韵都还不具诗的分量，离“天凉好个秋”还有“西北望长安”的路要走。

认准了路就冒着胆子往前走，说不准哪一天真能圆了自己也可以写几句诗的梦。

作　者

2002 年 12 月

目　录

家　园

乡 居

际 遇

回 望

家园

山东试咏（四首）

二〇〇二年十一月

初访蓬莱

一丛青涩梦蓬莱，岁暮烟墩仰古槐。
欲问八仙何处去，却逢妈祖故乡来。
犹闻虎将挥长剑，欲借天风催劲雷。
踏海驰波万顷过，丹心依旧映君怀。

参观青岛市容有感

筹运匠心持巧梭，胶东绣锦一城歌。
摩天广厦环霓彩，望海群松衬碧河。
街市号名期富庶，华灯星月兆祥和。
宏谋实务民生事，闽鲁通怀竞玉珂。

忆趣蓬莱阁[①]

久闻名阁踞云端，唯见临湾倚翠峦。
宾日关陲帆橹远，观澜瞻系牧耕安。
无求修寿无连转，不见卧碑不尽欢。
轻咏婵娟千里句，潮前微憾月初弯。

甲午战争博物馆感赋

搏潮穿峡叩刘公，寻探淳雄致远风。
不解倾财赊旧舰，何堪御寇缺真功。
终凭道义驱妖魅，自有锤镰镇海空。
碧水交融家国恨，沉舟侧畔浪犹红。

① 蓬莱阁：与黄鹤楼、岳阳楼、滕王阁并称“中国四大名楼”。侧有观澜亭、宾日楼、卧碑亭等名胜。

成都行感怀（八首）

二〇〇六年十月

国庆中秋长假西行

双佳巧意织闲情，兴借高秋西蜀行。
细品星堆余帝气，虔瞻堰道列贤英。
峨眉观日日趋短，牧马踏山山愈清。
试咏归航冰镜满，溜成顺口寄云程。

三星堆探奇

外星飞绘鸟鱼图，半卷西川无字书。
陶简陶繁陶智慧，玉清玉素玉功夫。
万般艰涩熔铜铁，一脉和衷暖井庐。
桑海纵横风雪路，关山安顺仗金株。①

---

① 金株：三星堆出土有金树、金杖等。

重读都江堰

二度青城间十秋，卧龙崇德念悠悠。[①]
索桥初试嘻声闹，竹阁复登清韵留。
晴铸宝瓶甘纳雪，雨承鱼嘴巧分流。
堰功道外问群雅，千载都江业已遒？[②]

登峨眉山

飘雨腾烟岭嶂前，重循故道越崖渊。
蟠幽千谷流云过，跌宕群峰一线牵。
还愿拈香知报国，结缘离垢悟尊贤。
切期如愿攀金顶，观日抒怀上极巅。

乐山大佛咏趣

千秋弥勒与天齐，扼镇三江定蜀西。
倾力扑身驱祸患，梳云调雨布祥霓。
谁修僧腹凌云塔，心造苍生朝佛梯。
遍说乾坤神匠巧，山川每每有新奇。

① 卧龙、崇德：都江堰建有卧龙观、崇德祠，祭祀李冰父子。
② 群雅：众贤才。都江堰辟堰功道两侧列筑造都江堰功臣群像。

杜甫草堂参圣

满襟崇仰拜诗翁，柴院茅亭暮雨中。
数扎秋薪春望韵，一尊铜塑北征鸿。
从来笃志生勤敏，不负贞怀奉耿忠。
草苑新排思古戏，炊烟袅袅晋唐风。

初访武侯祠

三顾茅庐岂杳茫，阶前素柏尽诗章。
雄韬长耀《出师表》，众望唯归忠武堂。
每悟知兵非好战，恒持审势重思量。
争纷鼎踞期消尽，一统蜀汉万古长。

牧马山庄印象

归前小歇借山庄，早沐骄阳晚沐霜。
岑岭层层枫色暖，郊原隐隐马嘶长。
立川幸有川荆辣，治蜀犹留蜀井香。
新试陈兵金锁阵，虎营花放亦澄黄。

苏南印象（二首）

二〇〇六年十一月

又识扬州瘦西湖

草根翰墨亦良俦，附雅江都九曲头。
画上徐园吟古杏，诗中月观望春楼。
五亭桥接金山路，白塔身临锦镜秋。
走笔龙蛇抒趣意，兰期荷节共轻舟。

润扬大桥纪实

斜拉悬索接双州，搭眼提身未见头。
且记里程三六近，还知资费五八筹。
贯通桥节尊猫道，驰涌车群信缆钩。①
惊叹钢绳千吨巨，飞升高塔越江流。

① 润扬大桥总长 35.66 公里，投资 58.1 亿元。建桥以“猫道”等设施铺设桥节。

台湾纪行（十二首）

二〇〇六年十二月

台北冬看雨

访台清意几多重，渡海随缘壬戌冬。
自可并肩夸近侧，犹难一步踱从容。
迷迷夜梦窗星冷，扰扰街声故韵浓。
乡曲依稀萦北市，潇疏晨雨管弦中。

中台禅寺

敬虔唯觉悟禅图，恭植菩提第一株。
慈相庄严天竺玉，高怀雄旷洞庭湖。
出山尊礼诚师意，熔剑铸犁堪世模。
直了本心祈大愿，同归两岸共和途。

重访日月潭

峻岳晴川属九寰，烟波浩渺本韶颜。
慈恩塔下梅祈雪，涵碧楼边雾断山。
百掌岂遮前日丑，残阶唯示暮程艰。①
一湖清澈凭舒展，翠黛澄怀遂梦还。

阿里山遇雨

时雨时晴盘谷路，雾川烟岭竞争奇。
千秋鲜桧胡杨魄，三代同株华夏基。
阿里武夷连碧翠，畲家苗栗共祯祺。
欲吟朝旭玉山顶，静待春诗再制题。

垦丁鹅銮鼻

未见鹅銮守玉娇，新知长住北滩遥。
赤苔曾漫波涛涌，狂浪甘输红树骄。
刘海放歌频破雨，金蟾忍语独听潮。
一尊巍伟凌霄汉，帆橹归航我执标。

① 百掌：日月潭一纪念墙嵌有世界名人掌印砖。残阶：1999 年 9 月 21 日台湾大地震，日月潭中那鲁岛下沉几近没顶，仅余残庙。

览趣三仙台

纯阳吕祖凝阳李，邀约仙姑上凤台。
惟假荒礁栖羽士，信将蛮岛作蓬莱。
甘茹清苦修身矣，共克艰辛悟道哉。
终是得缘随善愿，相知同渡越波来。

三仙台观奇

信步礁滩沙岸中，生灵万态秉天功。
迎风奔兽嬉波涌，寻侣鸣禽隐密丛。
莫笑海山文武瘦，最怜童叟钓纶空。
随缘攀岭寻梅去，群鹤相从不老松。

中横公路感怀

蜿蜒一脉越崖巅，起步台东岭壑前。
深隧歌吟钢铁汉，高桥镌刻英雄篇。
鞠躬勋绩晖云壁，尽瘁英灵灿晓天。
家母安宁桥上过，声声唤我愈缠绵。①

---

① 安宁桥：中横公路主桥之一。一建桥工遇难，其母时于桥头呼儿归家。

花东路感赋

悬心履险过花东，左逼巉岩右海空。
览胜本当经耸峻，持诚自可化宽通。
潮音纷逐洋流远，霞彩平添晓色浓。
山隧溪桥书掌故，添描数点醉秋红。

亦说苏花路

穿峰越谷畅遥穹，苏澳花莲一瞬通。
道侧礁台搬热戏，滩前岩影起惊鸿。
缩头巍峻连环道，留意通和七彩虹。
莫就西东评隔海，惠民当是盖天功。

雨中观基隆火山迹地

倚滩濒浪住嫔嫱，敢是江舟一驾娘。
果有仙姿凭造化，自多神采任端详。
趋听脉动风潮静，伫叹岩熔霜雨凉。
巧斧当夸天匠好，礁间群烛焰泱泱。

飞离台北

方知台北雨冬寒，弹指旋登翼路还。
高市犹融闲笑里，香江已跃趣谈间。
浑然涧谷一川水，本是唇吻两岸山，
且待飞桥连陆岛，母来子往免重关。

参观香港会展中心

二〇〇六年十二月

雄标维港任浮沉，半是晴和半肃森。
回望归乡坎坷路，感铭怜子赤诚心。
河山一寸惟当护，神圣九州不可侵。
淡看门前频浪涌，襟胸敦厚守华琛。

胶东偶感（二首）

二〇〇七年三月

重走烟台路

乍暖还寒日，登州倍远遥。
又逢新柳绿，初赏粉樱娇。
炮岸萌轩宇，韩文缀匾标。
冰天歌不冻，润朗上重霄。

养马岛[①]

一岛风涛一岛沙，何由养马到渔家？
腥鲜壮魄驰山野，舒旷开怀傲海涯。
郡县统规飞骏骥，亩田立制遣骝骅。
主公但悔幽居短，偏宠莒珠连俩仨。

① 亦名莒岛，传乃秦“皇家养马岛”，秦始皇曾三次登临。

三清山即景

二〇〇七年七月

峡远峰高隐道尊，往来谈笑蹍天门。
老君独步椿松骨，瑶母从容玉宇春。
素净峻崖栖凤鹤，晴和晚霭衬星辰。
但期新辈宗新理，共仰清辉月一轮。

云川偶得（五首）

二〇〇七年九月

黄龙奇观

硝烟淡散畅清穹，桂紫菊黄侵宛虹。
墨舞云杉描翠岭，诗飘雾雨诵香枫。
回旋曲涧千泉脆，传唱溪山半岭红。
栈道崎岖羞老骨，茫然欲试蹑攀功。

九寨游

川巴氆氇就时裁，四序祥云逐日开。
叠瀑雪峰回迥韵，层林翠海秀真材。①
藏歌情漫松岗寨，羌酒香飘何药台。②
澎湃长江摧败朽，泓涛一脉此间来。

---

① 迥韵：高远的神韵。南朝梁江淹《伤友人赋》："峻调迥韵，惠志聪情。"
② 松岗：羌族寨堡。何药：九寨沟九个藏寨称"何药九寨"。

印象丽江

乐起玉龙腾雁鹰，雪峰律韵本铮铮。
飞歌伴酒丝绸路，打号和弦驼马声。
淳朴滇黔纷驾翼，雄豪巴蜀并驰程。
西疆鼓振兴民计，汉藏彝羌奉至诚。

登峨眉金顶

劲松贞柏透霞烟，争览群峰敢接天。
纷诧猴狲争领袖，独惊云海漾山川。
仰朝金阁贞严范，默诵经楼衷恳篇。
祈赐惠风旋放彩，意诚行耿感坤乾。

又见石林

峻清潇洒缀金瓯，丛立森严耀翠秋。
依旧峰群陈雪玉，更新花簇织云绸。
何来背篓阿诗玛，偏蹦冲天独角牛。
回叹笋岩弥旷野，诚期大腕奉嘉猷。

湖南得句（三首）

二〇〇八年十月

凤凰城印象

跳鼓对歌纷赶秋，回龙阁下市声稠。
苗家黛瓦飞檐燕，土寨青阶吊脚楼。
东岭梵钟吟晓月，南溪翠色染清流。
一川渔火沱江暖，侗壮彝瑶共泛舟。

走过张家界

峻岳丹霞铸盛尊，橙黄数点浅秋痕。
险崖攀上雄狮胆，清谷巡看翠玉魂。
疑我凡身凌界顶，问谁银鹞闯天门。
武陵源暖频回首，新岁重攀约仲昆。

岳麓书院

风华早入梦，橘岛续新程。
未赏枫林月，先聆义理声。
弦歌齐日久，学脉与春荣。
千载唯斯盛，荆湘辈有鹏。

三晋随笔（五首）

二〇〇九年六月

乔家大院

百年称善誉犹鲜，影戏频开老院前。
喜事成双肌理正，家规制六子孙贤。[①]
商风可范崇诚信，德业当承尚敬虔。
碑刻舅姑荆棘路，幽幽石磨唱新篇。

平遥古城

碧石青砖镌史存，轩辕辙印古陶痕。[②]
升昌票号陈年账，肃静衙堂八字门。
敦朴画屏宗晋韵，芳鲜香脯泛余温。
森森关锁硝云散，走看街灯衬晓暾。

---

① 喜事成双：乔家大院平面布局呈双喜状。
② 古陶：平遥旧称。

王家大院

延脉龙城大写王，巷三堡四五祠堂。
兰闺自是芝梅雅，宗塾诚然桃李香。
圣谕殊珍遗古玩，家箴勤朴惠乡邦。
松间毕竟存风素，不老书声越九荒。

五台山

一尊师塔聚禅缘，万佛通灵极乐天。
磬诵穿云菩萨顶，钟吟绕谷黛螺泉。
光明圆满承初意，义谛清嘉毓达贤。
漫看友朋施货贝，换将龟鲤托清涓。

晋祠[①]

借取太行云顶娇，驰开三晋水迢迢。
青葱每赞千年柏，奇巧争夸十字桥。
圣殿入吟秦日韵，铁尊成赋汉时骄。
但听歌老泉难老，傅曲王诗彻九霄。

---

① 始建于西周，中有圣母殿、献殿、难老泉、十字桥、千年柏等景胜及太原王祠、傅山纪念馆。

草原问古（二首）

二〇〇九年八月

成吉思汗遗韵
——参观内蒙古博物馆

沥胆披肝铸笃刚，关原一统履风霜。
举樽鄂嫩长无醉，梦贯东西南北方。

昭君墓感怀

紫台青冢女儿墙，一缕香魂守北疆。
七尺男儿何怯怯，甘呈铁血奉家邦。

金沙遗址博物馆

二〇〇九年九月

商周故垒续三星，攻玉熔金礼意诚。
镝贯鱼凫尊谶纬，烟铭贝甲卜阴明。
陶壶见日天犹健，桑海回春时正荣。
踱步柳林无得句，濒溪一问几时清。

甘青行（八首）

二〇〇九年九月

《黄河母亲》塑像

浩荡奔腾永盛年，百回千折焕春妍。
初衷清耿奉邦土，南北东西一梦圆。

嘉峪关

万里蜿蜒落此间，凌云悬壁铸雄关。
连营烽火维家国，游击将军沥胆肝。
回望风霜瀚漠冷，前瞻茶马道途宽。
墩台箭垛吟秋韵，峻隘原来泥一丸。[①]

鸣沙山月牙泉

茫茫荒漠托鸿裁，老树新苗砾上栽。
落月成泉胡柳近，流沙奏曲远朋来。

---

① 泥一丸：林则徐《出嘉峪关感赋》："谁道崤函千古险，回看只见一丸泥。"

阳关感怀

喃喃秋雨适缘机，吟诵依稀旧咏题。
未尽三杯诗佛酒，不随驼马赴关西。

重访莫高窟

前秦万佛沐新阳，蒙幸明师情志长。
老箓当欣更岁序，释迦立卧总安详。

青海湖

慷慨仙姝悬桂魄，祁连日月一天清。
渊源海热三江暖，泽润方州每阜盈。

坎布拉森林公园

大河青翠衬丹霞，泼墨抒毫写李家。
我伴鹰飞千丈外，同描秋彩到天涯。

中国土族第一村

乌姑迎客捧甘霖，热约宾朋戏瑟琴。
多彩村家新语字，欣描老厝七层金。[①]

① 新语字：土族原来有语言、无文字，后语言学家、少数民族知识分子为土族制订了以拉丁字母为基础，汉语拼音字母为字母形式的土文方案。

黄山（三首）

二〇〇九年十月

奇松

傲骨盘根藐暑寒，修成连理上云端。
先瞻挂壁风标冷，迎客松前始入山。

灵石

瘦汉肥猴偏卖乖，飞临宰相弈棋台。
携将如梦生花笔，描浪摹云看海来。

云海

五海波涛漾万重，吞山吐谷傲苍穹。
物形神态凭舒卷，先得朝霞一缕红。

浙江行顺访（四首）

二〇〇九年十月

雁荡山夜景

剪影峰群澹月中，青描墨染写葱蒙。
骑鲸踏浪村童乐，越涧飞鹰野树空。
灯灿星稀趁暮色，怀清意耿仰秋嵩。
宾朋频试翻身戏，我待山前晓日红。

大龙湫

久慕岚烟飞劲瀑，秋深却憾雾飘空。
心怡松岭横无尽，眼盼崖泉淌不穷。
或可明朝新雨簌，还然夕日半天红。
拎来千岛三成水，好助腾蛟起荡中。

金华双龙洞[①]

银树玉花披素绸，牵山携水好通幽。
何年借得香炉瀑，入看先须卧燕舟。

永康随想

笋嫩桃鲜麦饼黄，方岩理道续缘长。
胡公香火何由旺，一任为官福一方。

① 位于金华北山，由水道入洞，洞口顶部距水面不足半米，须仰卧于小舟方可进入。

览胜广西（五首）

二〇〇九年十一月

民族博物馆村寨馆

吊脚茅庐老竹门，风车石碓竟司晨。
朝听街巷珠盘早，暮过漓溪好净尘。

民族博物馆服饰馆

旋舞朱纹血气骄，菊丝三尺汉川遥。
家传质朴通苗壮，角号天琴一路高。

民族博物馆八桂馆

新摆青盔乌甲阵，南庭族典列贞臣。
赤旗猎猎邕歌壮，八桂平添精气神。

泛舟桂林两江四湖[①]

傍水星灯七彩虹，荡舟三姐对歌中。
半江新赋难骚客，一曲浓情趁惠风。
疑是苏园文舫秀，复回漓岸晚秋红。
牵来日月暖双塔，自有嘉缘贯底通。

舟游漓江

素雅冰清八桂间，峰峦簇簇放华莲。
纷纭九马晕舟客，敛息观音童子前。

① 两江四湖为桂林环城水系，成于北宋，湖面有日月双塔，以湖底隧道连通。

三峡礼赞（二首）

二〇一〇年四月

三峡水库

巫山石壁起平湖，傲举东方第一珠。
频奉春晖身力壮，续酬宏愿绘新图。

葛洲坝

分流扬子费蹉跎，终立津关锁孽魔。
越坝行航心智巧，长添热力暖山河。

登南岳

二〇一〇年四月

无边荫翳一时开，万壑潇湘尽入怀。
敢问祝融犹醉梦？洞庭饶足遍贤才。

沪上试词（外七律一首）

二〇一〇年五月

青玉案·五月一日世博会开幕

波弦浪笛邀莺舞，伴晓月，歌江浦。返看洋场蹲犬虎。红涛澎湃，终驱霸主，抖擞登新路。

遍欣世博今开步，百国遐宾捧心语。寄愿五洲无诉武。同舟共济，协和环宇，四序萌青树。

晨步外滩

缓步长滩瑞景台，丛青簇绿浪前栽。
趸新一岸听潮过，航远千帆浴露来。
不复洋旗飘港满，相随群厦竞盘开。
申城博举世商事，伫看豪歌动客怀。

雾雨太平山

二〇一三年二月

云波雾霭淡浓间，凌顶炉峰赏雨烟。
俯瞰森楼林宇外，荆花漫舞五星前。

过沧州

二〇一三年三月

究幽三月绿兼黄，几树梨梢复染霜。
镇海青狮心脉健，草堂褒贬恰春芳。①

① 青狮：沧州著名铁狮，铸成于后周广顺三年（953），俗称“镇海吼”，是我国现存年代最久、形体最大的铸铁狮子。草堂：沧州为纪晓岚故里，纪著有《阅微草堂笔记》。

圣地感怀（三首）

二〇一三年八月

南泥湾

清凌延水唱花篮，永纪边区苦与甘。①
自己动手怀愈壮，丰衣足食战犹酣。②
七千将士开穷野，四度春秋越澮潭。
八路雄师增血性，红旗插过大江南。

西柏坡

太行幽谷忽云开，崛起延河点将台。
覆地翻天兴伟业，共和从此挺身来。

---

① 花篮：代指抗战歌曲《南泥湾》。

② 1939年2月，毛泽东提出“自己动手”口号，号召根据地开展大生产运动，后总结为“自己动手，丰衣足食”。

延安印象

延水潺潺日向东，枣园灯火焕霓虹。
当缘一句温心话，便起半城招客风。
主义莫陈窑洞里，商帮偏裹路尘中。
待寻新岁无霾日，塔下重瞻圣地红。

西北小曲（六首）

二〇一三年八月

壶口瀑布（二首）

一口收河荒宇开，川山湖海竞风雷。
于今犹沸满腔血，矢志中兴铸伟瑰。

群钟阵鼓激虹开，驰骏腾骐逐迅雷。
聚力共圆家国梦，勃然华夏遍琼瑰。

又见月牙泉

鸣沙唱晓偶嚣喧，胡柳殷殷素魄前。
一海深衷诚守望，数丛新绿梦初圆。

敦煌夜酌

新城新堡逐苍烟，沽酒半升馍铺间。
但望一弯泉不老，沙吟柳唱共天年。

待见胡杨林

欲会胡杨几许年，邀朋遂愿热相牵。
长车一纵三千里，残月无眠待晓烟。

多彩胡杨

一抹青橙薄雾中，渐承初日与天红。
家山边塞同华彩，瑞色唯源紫气东。

内蒙古偶遇（五首）

二〇一三年八月

浪淘沙双调小令 · 镶黄旗火山迹地

东望大兴安。燕北荒原。镶黄旗外隐嚣喧。远古熔岩犹滚热，还漫硝烟。

浩野旷时年。桑海流迁。当欣迹地未墙垣。质朴率真无粉饰，天地新鲜。

踏莎行 · 风凌石

大漠边陲，友邦接壤。巴彦淖尔霜原漭。晶砂莹玉隐西疆，洪荒隔阻千重嶂。

玛瑙玲珑，碧珠昭朗。火熔水焠潜沙浪。无垠岁月任铮磨，但期知遇诚相赏。

居延海

流沙弱水野茫茫，鸥鹭蒿茅待曙光。
云上仲卿驱顽寇，波中飞将镇西疆。
寻无梦幻祁连雪，赏得遥迢朔雁乡。
争晓手无长短镜，回身探史问胡杨。

洞仙歌 · 呼伦贝尔草原

雁鹰矫健，舞云天清穆。不尽琴弦唱茵绿。亮金腔、长调短调倾情，端银盏，交赞群雄逐鹿。

承兴安血族。贝尔呼伦，克鲁伦河醉华馥。念一代天骄，跃马横矛，抒宏愿，衍传故曲。看大泽，今时满春风，正耕牧恭勤，畜肥粮足。

满江红 · 鄂尔多斯婚俗舞剧

原野乡间，凡舍礼，集成大戏。青涩岁，牧耕朝夕，润滋贞意。媒妁吉时邀喜鹊，坎肩缨穗修连理。半庄谐、尽畅酒欢歌，圆瑰丽。

伊盟老，秦郡地。铁木真，英魂寄。少年谆磨砺，雪仇雄起。纳士用贤诚聚力，创文颁法犹明帝。岂射雕，事四海归同，真行义。

新疆行旅（三首）

二〇一三年九月

天山天池

松风雪韵奉瑶池，阜盛西疆善政时。
一镜晨开晖四宝，健毫浓墨草清诗。

行香子·交河故城

西域荒丘。故史悠悠。车师城，凿土深修。垒营号冷，市井声稠。辟浪交河，迎风雪，驾方舟。

流年千计，跌宕沉浮。频征战，血火春秋。最当唱诵，茶马丝绸。敢凭沧桑，唤新辈，竞新猷。

千秋岁 · 坎儿井

运河潜地，贯脉三千里。溯肌理，艾丁济。[1]融天山凛冽，铭庶黎倾力。滋旱野，火洲润泽风川翠。

喜吐城迤逦，周顾盈瑰丽。哈密脆，葡萄腻。静流滋古邑，质朴兼奇异。尤可颂，德功广远谁堪比。

---

① 艾丁：即艾丁湖，吐鲁番主要湖泊，与坎儿井共同保障吐鲁番日常用水与生态平衡。艾丁湖于冬季补给坎儿井渠系。

徽乡春曲

二〇一四年四月

雀鸣争早脆生生，无语家牛已入耕。
水墨情钟村舍老，乌篷穿月衬疏星。

南粤史胜（六首）

二〇一六年四月

黄埔军校遗址

应世黉堂义士多，期拯危亡剜积疴。
洒血北伐甘舍命，捐躯抗日竞挥戈。
同窗谁料分营垒，手足何堪隔海波。
缺月归圆侪辈梦，何当联袂谱新歌？

广州农民运动讲习所遗址

首立乡黉寄郡庠，棂星崇圣大成堂。
村童停诵诗经老，旗手开传理义长。
启迪农家新信念，争当革命好儿郎。
一腔热血举星火，为有燎原竞跃骧。

黄花岗

黄花溯本放红花，一曲悲歌托晓霞。
承继维新挥热血，伸张主义破长枷。
换天何止同盟会，改制惟多革命家。
辛亥鸣枪难遂志，东方日出慰英华。

行香子·广济桥[①]

龙卧潮阳。虹跨韩江。廿四洲十八梭舱。暮朝开闭，舟楫行航。殿阁铁牛，镇渊海，渡千霜。

屡经险难，傲立潢洋。系闽粤惠益耕桑。感恩锡杖，莲蕊仙芳。赵洛卢沟，贯南北，耀家邦。

---

① 广济桥：位潮州东门外，横跨韩江。始建于南宋乾道七年（1171），其构造格局古称“十八梭船廿四洲”。与赵州桥、洛阳桥、卢沟桥同为我国古代四大名桥。

离亭燕 · 陈氏书院[1]

气宇恢宏轩岸，族裔誉声悠漫。三落进三承九殿，衖道环通回转。叠画栋雕梁，桂柏鲤莺圆满。

传续颍川冠冕，兴业聚贤开馆。曾赘印机几送断，亦汇老儒修炼。大运喜归真，文范延绵晖璨。

东莞南社古村

向阳村院惠风盈，雕柱漆门暖读耕。
百岁坊清滋老幼，谢宗祠穆垦榛荆。
眼观瀚海随波远，家有心灯竞月明。
留意青榕根叶茂，欣知户户毓贤英。

---

① 陈氏书院：即陈家祠堂，位广州中山七路。建于光绪年间。曾办行政干校、民间工艺馆、印刷厂等，1980 年重整开放。

海南印象（五首）

二〇一七年三月

苏幕遮·五指山

耸南天，长淬励。铭记当年，雄峻行真谛。粤海木兰殊杰伟。浴血征程，巾帼诚兄弟。

唱多河，崇圣地。身赴黎家，着意听生计。喜说今朝多瑞穗。正值春期，弘朗开新岁。

万泉河[①]

迁变天隅一卷书，盈流澄澈到京都。
源开五指钟苍茫，野纳崖州毓卓殊。
跌破世尘弘正道，持平法度展龙图。
时今竞逐群芳艳，自有清涓永不枯。

① 万泉河：原名“多河”。传元文宗帝即位前被贬海南，与当地情谊甚笃，回京时送行百姓高呼“王子万全”。后文宗赐名“多河”为“万全河”，又改名“万泉河”。

一剪梅·天涯海角

一柱巍然效女娲。傲立鹿城，璀璨琼崖。椰风荡漾角梅斜。蓬勃葱茏，翠碧仙葩。

万类生灵恋此家。闲享冬温，静品春茶。待邀心石[①]数星辰，日已成霞，月尚如花。

博鳌留客村

近博扬声誉，存珍起颂歌。
蔡居延古朴，卢苑秉清和。
尚雅听泉韵，崇清入晓河。
椰香新笋绿，甄访友朋多。

海口港轮廓

争雄百越蔚琪瑰，操橹海丝当未迟。[②]
曾冠椰城谋远略，今依鸿策展殊姿。
生生脉律朝阳里，朗朗风华盛世时。
频架栋梁舒大腕，鸣鞭励马奋雄师。

---

① 心石：天涯海角附近海面，一礁盘组合如心形。

② 百越：传春秋时期，海南本岛属百越地。

陕北感怀（三首）

二〇一七年五月

八声甘州 · 延安

历征程万里会三军，红都始豪遒。回眸延河畔，三山昂首，双壑穿舟。翻阅杨家窑洞，又读枣园楼。往赏南泥谷，听信天游。

子午幽关险要，称先秦锁钥，疆北襟喉。圣地承时任，恰砥柱中流。逐倭凶，荡歼顽逆，谋大同，开霁暖神州。无相忘，步枪小米，尽奉鸿猷。

满庭芳 · 南泥湾

万里长征，扎根甘陕，抗日擎举龙幡。燃萁蒸豆，手足竟封关。定策分兵垦野，事耕织，破解危难。依自力，军民砥砺，固筑铁营盘。

衷言。齐动手，丰衣足食，长耀斑斓。遍野金纱帐，胜却花鲜。更有群楼列宇，车满路、笑漫平川。新时序、荣光再续，跃马竞扬鞭。

念奴娇 · 壶口瀑布

千雷万鼓，彻霄九、但见沸流腾越。承远古洪荒律动，激荡赤龙奔烈。春裹霜凌，冬封冰雪，不竭从天泄。《尚书》留墨[1]，挽牵秦汉更迭。

陕晋列峙西东，唐王策马，李闯旌旗猎。还看苏区根据地，抗日军民挥血。江海驰师，摧枯拉朽，一统臻圆月。黄河成颂，蔚然交响蓬勃。

---

① 《尚书》留墨：“壶口”一词，最早见于战国时期的《尚书 · 禹贡》。

感赋雪域（六首）

二〇一七年八月

走进藏寨

寨外欢流拉萨河，村中回响洗衣歌。
意牵常日同胞事，便步罗林拜藏哥。

新村改道遍坑洼，无阻身临耕牧家。
迎面国旗红映日，院墙如雪缀祥花。

青牛散漫院庭中，方楼阶下格桑红。
久瓦层层墙上满，炊烟一缕说年丰。

阿妈勤奉热酥茶，频说宾来此是家。
扑姆青春羞晓色，一杯三口意唯嘉。

满江红·珠穆朗玛峰

昂首苍穹，怀远阔，威仪远播。诚圣洁，五洲神女，万方崇贺。唐古昆仑遥簇拥，卓峰马岳纷围坐。地三极，容近纳倾情，唯乎我。

何有幸，登顶左。旋雪域，身前过。眺河川青翠，岁时红火。中华隆隆擎伟脊，藏疆耿耿修莲座。同心志，正续力前程，长丰果。

千秋岁·布达拉宫

红山承础，擎竘然宏宇。升佛座，祥龙翥。张天穹气势，承母仪风度。真切是，圣城请得珠峰驻。

松赞迎公主，千载期安固。行自治，和平路。历摧平叛逆，续举家襄助。诚手足，九州一统同珍护。

出游小记（四首）

二〇一七年十一月

满庭芳·三峡工程感赋

纳谷沉峰，腾云破雾，托擎惊世奇殊。横波悠阔，恰眼畅怀舒。最美巍然大坝，分流巧，光电频输。添新力，天南地北，正似火如荼。

琨瑜。凭造化，先驱远略，国策曾书。幸沐初升日，始绘真图。起落春秋六十，唯坚守，终铸明珠。犹回响，西江立壁，高峡出平湖。

谢池春·居延海秋晓

大漠苍茫，戈壁赫然湖海。泛晨曦，涟漪映彩。稀疏鸥鹭，作勤沧波外。望春风，复临边寨。

狼烟散尽，血火犹延慷慨。看长河，回声汉塞。长平挥师，冠军安疆隘。[1]越千秋，愈添豪迈。

---

① 长平、冠军：西汉名将卫青受封长平侯，霍去病受封冠军侯。

水调歌头 · 南岳感怀

晴好步衡野，寿岳问高龄。月台迎日观远，水秀愈山青。回雁飞栖紫盖，易俗归宁龙隐，双柱守天庭。石廪满仓谷，湘楚热农耕。

祝融氏，取善火，布光明。少陵听凤，诗圣俯瞰老人星。环望平川浩瀚，辈有俊才迭出，奉国有精英。仰仗韶山岭，东日最晶莹。

石州慢 · 长白山

黑土青川，长白大原，从古兵地。努尔哈赤称汗，溥仪卖魂伪帝。柳湖爆变，贼倭强霸关东，乡民浪迹难归里。奋起逐嚣魔，辽沈开新纪。

今抵。只身秋走，老步吁吁，越千阶级。仰视云峰，太白荣衔无愧。天池浩渺，三江豪放奔腾，鹿鸣玉柱争奇伟。环眺大神州，与时臻瑰丽。

江苏随笔（五首）

二〇一八年四月

寒山寺

遍咏枫桥早识名，老来闻唱旧涛声。
茶余已少寒山事，诗外偏多拾得情。
欺凌谤我如何治，隐忍敬他不与争。
共祈功德修圆满，好续姑苏一本经。

鸡鸣寺[①]

欲随啼晓过玄湖，漫步禅林第一株。
甘露井泉归净界，刹方宗义立浮屠。
怀诚面北慈为本，从善回头道不孤。
今岁当圆同泰梦，古都添翼上云途。

---

① 前身系南朝梁同泰寺。传梁武帝常于此修行讲经。寺内观音坐像面北。

扬州文昌阁

广陵庠塾就文津，几许沧桑问汉辰。
汶水泉开兴学路，魁星轩纳敬师春。
源头年岁浑难考，格式规程自可珍。
莫探邗城飞甚处，惟崇八怪傲凡尘。

仪征捺山火山迹地

刚棱玄武展雄尊，疏雨深春尚溢温。
营垒巍巍彪虎势，旌旗猎猎铁军魂。
粗知柱阵来何路，谨向龙潭问本根。[1]
浩渺流年循律动，星罗万象织乾坤。

无锡荡口古镇

簇绿疏红笼晓烟，一街石板系湖山。
但寻早店梁溪鳝，且趁曲渠苏女船。
物阜民康承隽誉，风清气正得淳源。
睦和邻里敦勤敏，商杰文英自粲然。

---

① 柱阵：捺山火山迹地显现玄武岩晶裂棱柱集群地貌。

天山景胜（二首）

二〇一八年八月

喀纳斯湖

源追阿尔泰，清冽何来怪。
湖彩蕴祯祥，龙湾回俊迈。
疑为古阵营，原是新村寨。
图瓦驾春潮，新程尤澎湃。

那拉提草原

舒卷天山下，鲜芬入浩茫。
放歌迎早日，驰马定陲疆。
鞭动流云路，莲开积雪乡。
春风吟涌瀑，苍翠漫昆冈。

川南纪胜（三首）

二〇一九年五月

西昌彝寨

散落大凉顶，久居安哈前。金龟延骨脉，明智托蛙仙。
豪健凌云岳，酸辛续火烟。农奴书血史，达吉谱余篇。
思返长征路，情牵小叶丹。红军甘歃血，兄弟共飞鞍。
自治春城乐，对歌泸水欢。[①] 开耕火把热，登稔道途宽。
行旅宁河畔，趋身螺髻巅。足边千叠岭，头上一层天。
攀越浑无悔，巡看甚可怜。树枯鸦亦静，山陡客尤鲜。
坡险濒悬壑，邻亲隔堑渊。残墙干打垒，漏屋草遮拦。
破瓦霜风劲，裂门雪雨寒。凝眸期晓霭，仰日映青峦。
峰峭当弘志，政和愈奋鞭。泸沽迎阜盛，新寨竞华妍。
土豆梨花地，禾秧翠玉田。僻乡彝舍旧，入梦待莺迁。

① 春城：西昌故称小春城，境内有螺髻山、安宁河。

罗目古镇

板墙青瓦老街坊，打铁补锅继日长。
多有寻桃追绥客，我甘孤老品陈香。[①]

邛海暮色

泸岭螺峰起翠屏，携来霞彩浴新清。
踏沙乐见游鳞跃，凭阁静闻宿燕鸣。
星叩荷湖追月影，风回闽海竞帆声。
还期击鼓开渔日，堆火打歌透五更。

---

① 寻桃追绥：罗目古镇二峨山又名绥山，传一名士骑羊入绥山吃蟠桃得道成仙。

青海探奇（六首）

二〇一九年七月

上西平·宏觉寺

永留芳，先宏觉，后青唐。起梵宇，莲座弘光。传扬圣典，托贤明，因梦奉慈航。挚诚宗喀，善果修、释法恒扬。

行津市，穿街巷，寻古刹，仰禅堂。处仄院，别样辉煌。延绵正道，事共和，凭政教诚商。福临藏疆，享安宁、长沐春阳。

踏莎行·日月山

伟峙群峰，宽通环宇。巍峨赤岭雄关路。唐蕃古道踏驼铃，同天内外无门户。

睿达光明，亲和雅素。文成秉义安疆土。昨怀丰镐梦家邦，今融汉藏春鸿翥。

李家峡水电站[1]

欣逢跃巨龙，川谷振雄风。
声擂千重岭，烟腾八阵功。
秉诚平旱涝，聚热献华东。
志拓鹏程远，铿锵上昊穹。

追源约古宗，巍伟大塬中。[2]
岂尽灰沙地，素多玄岭枫。
黄河呈本色，坎布诉初衷。
看我清流里，丹霞映彩虹。

青海土族村

勤风俭俗铸琼瑰，耕牧春秋惯早催。
麦饱谷沉随日熟，牛肥马壮驾云回。
对歌塬顶抒英概，搭手槐荫绣玉梅。
敦朴门庭多瑞色，宾来福至酒三杯。

---

① 李家峡：传飞将军李广在此布设八阵图大破匈奴，李家峡由此得名。
② 约古宗：约古宗列曲，黄河主源之一。

热贡唐卡

吾屯兴善愿，热贡衍殊珍。
雍穆牟尼佛，慈和罗汉身。
承源尊古范，延脉展华春。
清致歌盈宇，韶仪月一轮。
缂丝编梵妙，堆绣贴熙纯。
朱满云庭韵，翠除凡世尘。
匠心凝敬畏，功力化贞淳。
汉藏连山水，仲昆惟义真。

京都览胜（五首）

二〇一九年四月

永遇乐 · 故宫

横亘张扬，纵深缄秘，轩宇雄勃。紫禁宫闱，天人合一，幸避兵戈灭。太和神武，乾清交泰，藩衍炎黄枝叶。泛幽光、冠金玺玉，果然烨熠京阙。

春秋六百，燕都传续，累叠暑蒸寒冽。成祖开基，思宗魂断，李闯烽烟烈。永仁之治，康乾之盛，难阻帝宗根绝。喜今日，龙兴脉律，愈臻挚热。

上西平 · 圆明园遗址

号圆明，唯断壁，覆榛荆。一处处，颓宇残亭。寻无水法，久毁涓流怎焕晶莹。眼中心底，焰魔嚣、国粹崩倾。

三山在，五园没，兼怨愤，自难平。数亿众，不抵洋兵。家空力道[1]，寇盗猖狂岂不横行？莫存虚幻，恶鬼狂，岂会留情？

---

① 力道：效力，力量。

水调歌头·潭柘寺[①]

云上渡怀远，尘外导心澄。敛襟顶礼前庭，香客秉真诚。凝望廊庑肃穆，恭敬禅真笃圣，觉者启圆明。鸱尾伴苍柏，修德惠农耕。

倚宝珠，祈嘉福，岫云兴。千余岁月，犹诵般若大悲经。玄烨宸襟礼佛，弘历渊衷赐赋，岂比少师能。先有潭柘寺，后有北京城。

苏幕遮·卢沟桥

露清稀，星雅淡。晓月虹梁，醉美霜初染。永定清波流潋滟。傲首群狮，严阵抒豪胆。

忆牛年，遭寇犯。万众挥戈，举国燃熙焰。中华根基谁可撼？诡袭宛平，鬼佬今何敢！

① 位于北京西郊，背倚宝珠峰。初名“嘉福寺”，清康熙赐名“岫云寺”，民间一直称“潭拓寺”。

风入松·箭扣长城[①]

登崖攀岭倚残墙。凌顶阅沧桑。断墩破堡萌苍翠，最天然，梦里晨妆。自诩古稀能饭，试身倒仰穹苍。

慕田联峪构疆防。一箭扣为双。九眼楼外三千里，我乡土，无悔担当。六百秋蹂冬躏，犹呈尧舜鸿光。

---

① 位于京郊怀柔，原地名“涧口”，守将以“一箭扣双雕”之“箭扣”命名。

黔贵拾吟（三首）

二〇一九年十一月

织金长角苗

剑簪刀钿枕间寒，先祖恩仇系髻端。
茅寨立根凭苦蒜，菁林垦野构基磐。
逃荒每憾神鞭废，致富当欣大路宽。
仡佬布依同骏骥，乡山胜概愈桓桓。

镇远古镇

竖眼开州八百秋，炮台屯堡战尘修。[①]
庐江院秀牌坊巷，肠旺汤香米码头。[②]
丝路关津通雁海，黔门锁钥载鸿畴。
负艰高诵和平赋，长向家邦奉力遒。

---

① 竖眼：镇远古镇故称“竖眼大田溪洞”，系茶马古道要津，存有“庐江大院”等古居。

② 肠旺汤：特色小吃，颇受游客青睐。

二十四道拐

故道盘旋堪琢磨，悬峰千仞又如何？
屈身巍峻尊家国，倾力平和息戟戈。
岂就洋名行客广，唯凭本色益民多。
窥寻曲径遗存老，茶马关山抒浩歌。

乡居

试笔家山（三首）

二〇〇二年十二月

大雾笔架山

巍然笔架立天都，感励家贫子读书。
地瘦遍栽松与柏，今朝勤力绘新图。

秋上石牛山

朝日于先授我红，勤虔耕垦九霄中。
修身愿化天关将，一份诚真奉大同。

紫帽凌霄

揽江扼海领春韶，岳峙奇擎敢弄潮。
心脉犹腾河洛血，刺桐新辈与时骄。

泉州即景（十首）

二〇〇三年二月

老君岩

惟怀帆橹与畴田，笃意陶然坐万年。
历履炎凉襟纳海，悉闻丰歉耳垂肩。
道生一二三生万，德在美真善在先。
脉脉温文尔雅韵，祥风瑞霭暖清源。

开元寺

凌霄双塔仰桑莲，百柱拳拳同敬虔。
得见戒坛甘露井，空闻袈影紫云天。
堪称佛国多贤圣，惟仗黎民竞铁肩。
敢闯爱赢真好汉，每将新貌耀坤乾。

万寿塔

肩石朝朝向月堆，嫂姑延望没余晖。
相思托与长帆伴，挂念牵来远舵归。
欲待风含乡土韵，好携亲谒内庭闱。
凌云唯寄身心意，楫櫓康宁入草扉。

六胜塔

雄踞金钗伴嫂姑，高标航路挽双珠。
默祈桑里栖鸿雁，虔望烟帆得正途。
曾泊舟来瀛海国，新承彩织凤凰图。
初临闻识红膏蟹，喜品邻家好果蔬。

灵山

春早二贤台，天飞碧玉来。
疏星随鲤跃，秀木入云栽。
霓映丝绸路，灵通释道斋。
凌霄舒望眼，满邑刺桐开。

弘一法师舍利塔

灵塔矜严蕴素涛，悲欣交集亦当豪。
投医怎觅强民药，从艺难掀救国潮。
寻道入禅圆鹤梦，念经抗日共航标。
清然无悔归泉岭，古道长亭入九霄。

洪梅灵应寺

千岁油杉焕浅青，俯听梅鹊逐新樱。
钟长鼓远呼虔信，经朗诗明秉笃诚。
自少修身云竹范，终生尚德玉麟名。
仰崇莲祖惟初愿，天亦泓澄水亦清。

德化石牛山

凌顶云峰观日台，晨星勤叩石门开。
洞前雏虎我心造，岩上翠松天意栽。
日暖犹然存雪意，风轻自可净尘埃。
家牛走熟耕耘路，日暮归栖晓复来。

永春魁星岩

雾峰云阁宝莲宫，翠柏青松泊远鸿。
膜拜三元中榜首，敬崇首座奉星公。
吟台落韵万松鹤，巧句流芳孤馆童。[①]
无意借风千里远，离身苦海是非空。

深沪海底古森林

沧海浮沉铸玮珍，踏波抚槁数年轮。
滩前斑驳弥乌锈，礁上参差衍劲根。
春锻秋捶寒石骨，冰融火淬史诗魂。
潮来潮去天何奈，历阅洪荒品愈尊。

---

① 孤馆童：魁星岩群殿有乡贤祠，祀奉永春明代诗人、书法家颜廷榘。传颜五岁时以“客眠孤馆五更寒”巧对“人在高堂千里远”。

漳州印象（七首）

二〇〇四年十月

九龙江畔

一碧流芳接海涯，岁盈鱼米四时花。
丰饶为有溪乾暖，插上扁担能发芽。

芝山红楼[1]

罗马轩廊哥特窗，一方明宇聚红光。
不因曾步寻源久，非是新谋治策长。
延拓赤都图稳固，征战闽邑展雄强。
神州起看东升日，耀海映山开浩芒。

---

① 位于漳州市芝山南麓，原为寻源中学校舍，现为“毛主席率领红军攻克漳州纪念馆”。

威惠庙

少小随征战，长驱千里遥。
执旗飞首骑，惩恶竞天骄。
理治臻规矩，扶耕励暮朝。
远谋州县立，鸿绩政声高。

一脉承归德，曜仪凌九霄。
堂宏浦上起，灵瑞峡间飘。
圣火萦台岛，宗风认舜尧。
倾情呼两岸，同筑共和桥。

南太武

潇洒雄高挺昊穹，林幽岩峭漫仙踪。
栖山直往云根洞，延寿还从澜谷松。
把剑临风怀愈壮，修身为本志惟恭。
凭阶已觉登程远，伫望闽山第一峰。

月港

不负双龙卓伟瑰，续驰茶马志不回。
外通丝路帆舟起，内接田畴门户开。
逐市番航追月泊，趁风珍玉竞星来。
一从景泰凌波远，聚涌隆昌邹鲁才。

水仙花

玉盘金盏独清妍，每奉幽香除岁前。
不与春红争艳色，唯留净雅在人间。

初识武夷山（二首）

二〇〇七年八月

武夷览胜

九曲欲游屡失机，首番缘巧借佳期。
丹霞称甲闻天下，史典超凡上世遗。
新唱汉城思古曲，再吟玉女恋情诗。
岩溪弥散云枞韵，信是禅心唤觉知。

武夷竹筏女

家近湖溪未浣纱，惯操双筏艺称嘉。
篙尖一点离弓箭，礁外连开并蒂花。
梅骨身姿舒爽气，阳光心性衬丹霞。
掩羞还笑柳丝后，九曲滩前客尽夸。

客家（四首）

二〇〇七年九月

永定土楼振成楼[①]

厚础高墙任变迁，独膺嘉誉万楼前。
家传千载黄河脉，诗诵百年九牧篇。
二井源承五曲水，群峰缘结八分天。
肇基无忘怀家国，事事时时总奋鞭。

金湖即景

擎钟举鼓守平湖，十八滩间构坦途。
一柱堪承甘露寺，千年自得菩提株。
圣缘身后留禅影，仙寿崖前铸榜书。
凝眼远山搔皓首，嗟无巧智识真珠。

① 振成楼：获誉“东方建筑明珠”。平面为圆形布局，八单元组合，各有天井。院庭凿有二井。厅堂楹联“振作那有闲时，少时壮时老年时，时时须努力；成名原非易事，家事国事天下事，事事要关心”。

清流印象

如梦令中吟勇谋，武夷山下过清流。
林深无碍擎旗远，路隘浑能斩棘多。
留迹丹青抒壮志，定标康裕事新猷。
忽闻先祖今穿越，起看万方争上游。①

冠豸山

秉规持整孰编排？朱蕊丹花巧种栽。
灵草入山吞雾去，命根追月舞云来。②
天猴憾缺金箍棒，行客纷登万寿台。
玉露松泉称境界，风轻堪纵逸怀开。

---

① 穿越：1988年，清流发现旧石器时代古人类化石，获誉“闽人之源”。
② 灵草：景区遍布奇石，以形命名为灵芝、猴首、命根、命门等。

走乡里（六首）

二〇〇八年九月

雨天登大雾山

争先意气雨中豪，故趣蒙蒙醉我曹。
年少曾期拜笔架，岁闲方见要天刀：
老僧赊米愁空袋，壮汉鞭牛奋碧涛。
谁欲仙桥信步走，椿龄百二始称高。

洛阳江红树林

斯身着意壮津关，绿坝青堤敌巨澜。
自有叶丛添骨力，更将根簇锁泥滩。
群豚和唱吾乡暖，秋雁回看故里寒。
默守祥安生死以，唯钟乡土固如磐。

重瞻一片瓦寺

呼吸清芬非帝座，新梅一骨旧溪前。
凿成莲殿孤崖立，架就云堂一瓦悬。
频有乡邻求吉运，独凭童梦忆华年。
林幽野旷襟怀远，纳我家山不老泉。

平山寺

清霄翠野瑞云生，金顶红墙倚故城。
半岭老荆迷旧路，盈门信众簇童僧。
莫名修得空缘课，笃信吟成妙法经。
鱼鼓磬钟因教化，慈行善举著心诚。

惠屿岛感怀

孤屿生机盛，曾逢背运欺。
一朝承吉瑞，通峡沐和熙。
谋实脱贫策，夯牢致富基。
雁鸥舒翼起，畅诵复兴诗。

桃花山

杏黄松翠衬秋阳，争说初年踏晚凉。
走看柳丛雏鹊舞，伫观荷底锦麟翔。
亭台着意承天瑞，山水无由失本香。
抱默回身攀古寨，寻听鼓角漫桐江。

漳州览胜（十首）

二〇〇八年十月

灵通岩

丹峰拔起傲苍穹，竹幕松帘蔚碧葱。
岭翠每凭春雪秀，崖高先得晓天红。
空闻飘露吟心曲，伫看凌烟诵梵宫。
意合修身诚净界，佛陀入定此山中。[1]

梁山

延绵横亘望闽中，列戟扬旗九九峰。
临海讲书齐帝北，登亭观日寿星东。
涧溪田亩山乡画，雾霭晴云水墨容。
九华黟岳提肩比，伯仲难分话不空。

① 佛陀：景区内一岩峰，形态酷似大佛。

云洞岩

紧挽龙江越海田，诚期金浦续丰年。
遍铭贤达鸿儒墨，憾失晦翁庠序烟。
三月同辉岂可遇，四时皆暖每相延。①
石爷无臂强搔首，未赏霞烟出洞天。②

瑞竹岩

上善修慈慧，夙根延九寰。
引泉梧浦岭，迸笋万松关。
梦逐双溪去，身随崇福还。
灵香燃烛火，一亮映圆山。

圆山

天际温馨一道弧，凌波婉顺伴屠苏。
清芬犹热琵琶坂，长蔚春春雅不孤。

---

① 三月同辉：景区一洞，口如弯月；自洞内望月，同时可见洞内水潭月亮倒影。
② 搔首：洞外一人形巨石，上刻“搔首”二字。

天柱山

抚月烟波冷，追星紫岳巅。
松崖悬壁链，洞府应潮泉。
凌顶听梅鹤，净襟问石莲。
云灯晖玉浦，一柱柱南天。

火山岛

孰知经越几扬尘，列柱陈棂千万根。
行客多惊天匠巧，鲜将慧眼探浮沉。

故年牛动泛烟尘，洋底熔浆溢地根。
隆起礁岩凝翠壁，淡观陆岛任升沉。

连珠气孔尚吹尘，玄武石林尤晃根。
典故九成凭造化，一分残息炫深沉。

九侯山

梅色侵春色，松风入海风。
云轻频起凤，水畅好腾龙。
激荡火星热，绵延胜迹红。
万峰斯冠首，闽粤一关通。

续访武夷山（三首）

二〇〇八年十一月

感赋

丹峰翠谷各争奇，悬缀一溪儒雅辞。
玉女大王新制谱，天心塔下诵晨曦。

大红袍原株

醇香逸韵透坤乾，千载谁怜守堑渊。
未悔寂孤重抖擞，沧桑一抱晚甘前。

深秋

重临九曲暮秋时，散翠疏黄笑我迟。
碧水丹山何老旧？汉风唐韵入新诗。

妈祖圣迹感赋

二○○九年三月

调风调浪布阴晴，怀海怀乡系牧耕。
济世勤襄国运暖，复台显证圣衷诚。
还忧弹火连天泄，唯愿烟花两岸明。
德善何关延诰号，恪虔凭望圣妃灵。

鹭岛偶感（二首）

二〇〇九年四月

鼓浪屿情思

鼓浪横琴唱菽庄，梅梢鹭起一行行，
相携飞越连乡水，挽取当归共日光。

华大厦门校区感慨

侧步飞身早据鞍，纷繁陈账泞泥滩。
黉堂尚坐老师匠，学子重开旧论坛。
鼓浪竞舟心力劲，刺桐分蕊暮春寒。
二湾争水终成趣，仗义一声犹汗颜。

闽北偶感（三首）

二〇〇九年五月

江南春·武夷紫阳书院（二首）

身渐憩，意犹浓。粉墙皴晓雾，紫院染晨风。得承岳麓朱张典，还续鹅湖白鹿工。

声朗朗，透千松。诗吟推律理，文赋尚新宗。冠名浓淡清溪里，秋果春花依序红。

大金湖唱晚

罗汉翻书到客家，状元崖看夕阳斜。
春深一曲吟甘露，待伴秋枫赋霁霞。

闽东小唱（二首）

二〇〇九年十月

白水洋淌波

百顷岩坪漫碧涟，粼光七彩起霞烟。
随珠踩玉秋川走，试向鳌洲微放颠。

廊桥咏叹

千乘万安连百祥，兼桥兼路亦街廊。
频经暑焰严冬雪，奉与翠屏镌史章。[①]

① 翠屏：翠屏山，位屏南县城北。屏南因之得名。该县获誉“廊桥之乡”，存有千乘、万安、百祥等著名廊桥数十座。

小词三首

二〇一〇年三月

一剪梅·泉州西湖即景

吞吐氤氲比玉龙。鲤邑西施，美夺天工。曾经百世祛污洪，今赏秋湖，红火刺桐。

新辈襟胸尤远宏。草树频栽，紧趁春浓。晨歌暮曲和心弦，青剑花绸，舞伴群松。

破阵子·弘一法师舍利塔

驻足清源山麓，回眸灵塔初图。艺演难圆青涩梦，东渡寻无济世壶，春心皈释途。

遍历川深岭峻，却成路渺身孤。甘蹈沉浮惟正觉，笑向涅槃亦自如，悲欣一笔书。

柳梢青·洪梅灵应寺

山野清明，桃浓李淡，簇簇新樱。黛瓦红墙，沉钟殷鼓，百众祈灵。

油杉千岁犹青，固根本、春枝阜盈。最喜温陵，善诚可范，桑梓升平。

家珍重赏（六首）

二〇一一年十月

开元寺感怀

菩提一梦托桑莲，修得扬裟遂善缘。
百柱延昌双塔起，共祈家郡好耕田。

老君造像

道像天成唯此巨，千龄脉律壮青时。
常操琴瑟舒风骨，每励温陵驾骏骐。
引舵海丝辽远路，凝心我邑俊雄师。
寒岩犹沸融融血，力鼓群帆共竞驰。

万寿塔

关锁巍巍宝盖巅，恳诚姑嫂立涛前。
千春唯见须眉影，一盏心灯奉恪虔。

复访平山寺

闲寻稚趣越庭轩，遍见青葱漫四垣。
塔老堂新慈慧在，还听钟鼓诉淳源。

重游桃花山

清和桃岭复新凉，姹紫雏黄一路香。
还顺苍苔寻故寨，凭听鼓角说桐江。

又上石牛山

一坡翠竹一坡松，欲伴青牛走到冬。
荷转枫移梅又是，与谁观瀑赏春虹？

泉州市区新地标（四首）

二〇一二年六月

城雕

信堪添彩刺桐秋，傲骨凌霄自仰头。
玉柱临风承笋塔，妙音传韵合箜篌。
钱公悟慧双丝路，泉郡延声五大洲。
河洛清源传血脉，枯荣与共事新筹。

西湖

除垢驱灾貌不扬，而今堪誉小钱塘。
银鸥寻伴啁啾岛，画舫传歌西北洋。
静处每邀新剑客，闲时偶诵旧辞章。
捧心当倚清源水，明岁邀来驻我乡。

晋江防洪大堤

担当百载斗狂飙，峻格雄风壮九霄。
仰立长城堪永固，回归生态自多娇。
起晨偶试拍胸舞，归晚常听搭渡谣。
俯首依栏抚醉月，携来小盏品秋潮。

泉州大坪山郑成功塑像感赋

立马泉山麓，环栽百合花。
和风传过海，圆梦大中华。

漳州记忆（十首）

二〇一二年十月

将军山

秉雍持正定尘寰，梅骨松魂瑞鹤颜。
犹热中州气与血，长温闽越海连山。
垦屯金浦欢歌起，飞骑边关捷报还。
两水同漳归德道，丰碑永植庶黎间。

关帝庙

守将铜山玉，神威纵海东。
容仪三晋韵，香火九州风。
镇邑托修德，复台施助功。
信缘连陆岛，顶礼共乡宗。

江东桥

缘远起嘉定，桑海继年长。
三省通津埠，八闽擎伟梁。
续呈矢志远，欲品烩鲈香。
堪与洛桥比，憾哉老笋江。

赵家堡

战罢崖山苟落荒，湖西巨障隐东方。
城高亦憾皇缘尽，轩敞唯期族裔昌。
石塔汴桥规矩乱，杨池潘水是非长。
继传完璧期归赵，尚得诒安共海桑。

埭美古村

红庭红瓦远鹏图，碧树碧流镶翠珠。
一簇朝霞水上起，九宫龙脊霭边铺。
门前石鼓温唐典，巷外春风暖客途。
数百年轮浑未老，犹从古寨读新书。

田螺坑土楼群

盘壑观圆寨，携壶话海桑。
五行通远势，四序暖明堂。
深蕴恩和怨，远弘慨与慷。
世遗新溢美，岁老愈流芳。

二宜楼

天地方圆遂本衷，接承灵瑞构穹窿。
宜山宜水依心路，宜室宜家持古宗。
仕女图旁花鸟画，英文报外洋时钟。
还尊周易寻春讯，根植乡邦起逸龙。

庄上土楼

缓坡半幅起山庄，抱水依山兆永昌。
环院通廊呈一统，同堂继世涌群芳。
怀宗仁义乡园盛，志尚英雄营垒强。
经纬春秋盈四百，唯持圆后锐前方。

林语堂纪念馆

勤敏少年初显功，留洋无忘老江东。
耿诚堪傲人间世，深邃可追宇宙风。
著作等身濒诺奖，文渊执事接高鸿。
魂牵坂仔奇兰韵，五里沙前望海松。

东南花都

万紫衬千红，花廊延百里。
洋兰缀国兰，岸芷连汀芷。
呼吸九龙风，润滋金浦水。
温馨满四时，春讯于斯起。

安溪铁观音

二〇一三年六月

遍种云峰峭谷边，何由享誉世人前?
恭勤凤麓先承月，澄净蓬莱长养莲。
名就本山三寸铁，根承菩萨十分缘。
客来争品新秋韵，掬水清溪和露煎。

夜访古田溪山书画院

二〇一四年六月

惶惶搭筏待冰轮，醉墨俚词谢仲昆。
一座古居城半座，十分法度我三分。

峰崎小景（二首）

二〇一五年十一月

故乡青龙桥

越千春夏敢称雄，弥久愈坚潮涌中。
巨伟一梁堪冠世，海丝通港铸殊功。

麒麟山榕

续脉庐江衍德慈，荫诚滋慧立贞姿。
霜寒炎暑悠然过，不老春华透翠枝。

采桑子·老君造像

二〇一六年一月

知行合一怀高远，甘自孤闲。甘自孤闲，萦梦桑莲，黎庶在心田。
温陵绘就新春色，喜报频喧。喜报频喧，再上峰巅，道圣愈欢颜。

安溪小咏（五首）

二〇一六年十月

凤山

松岭烟波里，云茶碧汉端。
蒸团龙凤好，绝品上金銮。

清水岩

枝枝向北仰蓬莱，罗汉松泉濯雾埃。
净界入碑规制重，恳虔济世佑安谐。

文庙

承脉龙津起凤梁，千年尚学润茶乡。
英华岂止文渊士，璀璨星群耀故邦。

城隍庙

有城皆有老城隍，当诵凤关尤胜常。
曾领家船驱海暴，敢除倭患傲穹苍。
艰危无悔勤兼耿，细琐甘为慨亦慷。
格物知恩香火旺，封名淡却又何妨？

晋江源

流川辗转汇幽湾，汩汩泉来百仞山。
斜屿缘何浮野岭，桃舟林海自相关。

德化览胜（四首）

二〇一七年三月

九仙山

柏翠枫红让雾凇，纵怀云海咏思浓。
最崇巡守风霜路，暑寂寒孤惟鞠躬。

戴云山

傲首开闽海，凌霄伴月魂。
凭看迎雪顶，磅礴竞昆仑。

岱仙瀑布

奔雷惊壑谷，峭壁耸身前。
欲看星河落，云亭两漈边。

大兴堡

深基厚垒隐崇山，瓦破阶残力未闲。
新造玉瓷添国色，殷期故寨复初颜。

石狮即兴（四首）

二〇一七年十一月

凤里庵

大隐当街市，凤狮镇玉阶。
邑声相与共，聚力事和谐。

观音山

虎豹竞超萌，临风沐圣灵。
战壕残火尽，昆仲企升平。

虎岫寺

茂林修竹说凡伦，鹤井携春兆泰辰。
何奈鳌城罹血洗，民安唯有共和真。

朝天寺

嶙峋宝盖蔚祥霓，九漈泉松云凤栖。[1]
感梦殷勤惟父老，参来放下即菩提。

---

① 九漈：仙游九鲤湖主景。

晋江盛迹即兴（五首）

二〇一八年五月

庆莲寺

凤麓莲亭拥释迦，一方清素放瑶华。
修持唯望尘怀净，德善尤多百姓家。

龙山寺

启引鸿山祥瑞春，慈航手眼誉通身。
灵分台海本根在，为有天涯共玉轮。

西资岩

灵应分香海峡东，唯斯归省效秋鸿。
仪清神定潜怀久，两岸来春臻大同。

金粟洞

修缘悟觉紫云斋，赊谷施春驱翳霾，
九十九心诚放下，一心在我定真怀。

灵源山

濒江傍海看尘寰，每喜当乡焕秀颜。
松柏青葱村塾旺，哲贤纷跃步云关。

南安即景（五首）

二〇一八年九月

雪峰寺

崇孝悟禅修梵书，杨梅象骨共衡庐。
开枝散叶经声远，复会宗师叙岁除。

蔡氏古民居

连庭叠进续腾龙，畜旺粮丰逐岁从。
秉义怀仁慈德远，热衷乡土事耕农。

天柱山

春赋清霞万寿峰，秋吟玉塔傲苍松。
欲寻醉弈八仙处，意在陶然铁拐踪。

五塔岩[①]

惯听紫岳叩晨钟，清峻三公未老榕。
探看澄明潮汐井，问寻灵水海丝踪。

大佰岛

纵任狂涛裹激流，汪洋一叶不沉舟。
期观虎旅平安道，新岁秋凉信可酬。

① 五塔岩：原名“灵水岩”，位于泉州紫帽山西北。麓峰顶三石列峙，称“三公石”，塔下一井名“潮汐井”，四时不涸。

永春胜迹（三首）

二〇一九年一月

东关桥

轩廊睡木伴千年，梓里仰恩桃谷前。
缘结丙申臻古构，尘途跌宕复通仙。

美魁堂

残墙碎瓦亦华轩，梦里扁担镌诤言。
一份沧桑金不换，椽书星火向燎原。

福兴堂

隆栋华堂炫赫荣，仲昆怀远愈贞诚。
襟胸惟重家邦事，尊俭崇勤尚读耕。

市景拾遗（四首）

二〇一九年六月

花桥慈济宫

炼性无关儒与道，施医不论富和贫。
千春善举滋乡邑，德业长修续本真。

急公尚义坊

持真守朴纪先贤，承继豪风气贯天。
平乱复台唯笃定，于今犹梦九州圆。

仙公山

重登双髻觅灵踪，方晓仙公是本宗。
敢问苍岩还出米？童僧纯稚傲云松。

樟脚村

年轮斑驳上家墙，石绿岩黄话暑凉。
争说薯渣填口腹，纷言农会举缨枪。
春华已伴风霜老，疏莽偏随岁月长。
举步流连寻故迹，分心山野问秋芒。

乡居小词（五首）

二〇一九年十月

科山

勤朴从来是本根，登科先此寄禅门。
细寻卢子攻书处，尚有稚年烟火痕？

文笔峰

螺邑童生扬誉远，尊师兴学竞飞鸿。
日今层岭千松翠，无忘读耕承古风。

留公陂

我邑都江堰，殷殷润圃畦。
双功驱旱涝，千岁助耕犁。
苔石温馨在，清流冷暖知。
襄农真大略，济世固根基。

净峰寺

靖海禅门近月开，餐风宿露愈澄怀。
一丛春绿藏秋色，直待先师授业来。

净峰莲城卫

一身肝胆镇陲疆，固土扼关逐恶狼。
犹托文昌圆月梦，根连两岸共邦乡。

际遇

三十初度

一九七七年十一月

忽知而立竟痴痴，世事未经鬓染丝。
瑟瑟寒窗何破卷？锵锵戎马且从师。
自无斩将过关事，唯记麦城走败诗。[①]
秋雁还期新举翼，殷勤来路莫疑迟。

① 1968 年 3 月服役入伍，启程之日，同学赠纪念册，扉页手书其词作《清平乐》，中有“漫道过关斩将，当记败走麦城”一句，终生受用。

水调歌头·建党七十周年感怀

一九九一年六月

山海荡风雨，七秩一挥间。欣欣岁序难老，伟略继前贤。回看南湖星火，燃遍燎原炽焰，沥血唤晴天。立旨唯黎庶，铁骨谱真诠。

转重心，谋强国，涌波澜。初衷永续，驱邪匡正仰锤镰。力奉宏图远阔，致志神州崛起，亿众愈齐肩。开放革新路，侪辈奋争先。

“圆月笙歌”贺双庆（二首）

一九九一年十一月

辛未孟秋，晋江侨联四十年暨世界晋江同乡会周年双庆，盛举“圆月笙歌”晚会，诗以志之。

金秋双庆聚宾朋，桑梓泱泱一脉情。
启奏笙歌圆月曲，瑶天遍颂故乡明。

侨乡盛事举双佳，交响笙歌映月华。
筚路相携多故趣，新程共育一枝花。

贺晋江建市

一九九二年五月

日升日落逾千秋，一曲晨歌重运筹。
继往开来抒气度，鼎新革故领风流。[①]
期将青紫描新画，比看西东策远谋。
手接匾牌唯觉重，敢承五店大椽修？

① 继往、鼎新：1992 年 5 月 1 日晋江撤县建市。庆典楹联：晋邑千秋，历沧海桑田，革故鼎新创伟业；江涛万里，得天时地利，继往开来奠宏基。

步和李国祯老师赠诗

一九九六年九月

霜�一管赋神威，环走五洲盈誉归。
学识超然抒爽慨，新醇老墨共斟杯。

李国祯老师原玉：

石狮不乏醒狮威，东海潮涌十洲归。
盛名诚招天下客，美酒一杯情一杯。

感怀

一九九八年十二月

半世尘烟梦里家，蹒跚瞻顾却临崖。
行知杏雨荷风后，汲水清溪拨晚霞。

贺晋江建市十年庆典

二〇〇二年十二月

日落日升又十秋，欣承典庆构鸿猷。
草诗已谱豪歌唱，五店还遵定策修。
继往开来无踽步，鼎新革故续长筹。
寒寒暖暖君无怠，逐虎争龙竞一流。[①]

① 逐虎争龙：晋江县改市时订立“盯住广东虎，争当福建龙”发展目标。

读《过五台山》

二〇〇二年十二月

华缘逸境起禅台，一册新书佛树栽。
字里熏风悠磬鼓，行间和雨净尘埃。
或无云表歇龙降，何得峰群秀彦来。
且待嘉时循古意，仰瞻金阁品清斋。

戏说

二〇〇三年三月

三百六朝泡戏台，偷闲半日插花来。
论功摆好石为动，指误评差雾不开。
我欲是非筒外倒，他将长短腹中埋。
相逢依旧眯眯笑，疑假疑真总费猜。

口无遮拦

二〇〇三年二月

宴罢故朋酬雅韵，醺然强欲和琼瑜。
方吟共醉明晨月，又约同飙老马驹。
常日疏才甘认浅，此时无智未知愚。
醒来一悔堪肠断，失态每从小不拘。

夜核文稿

二〇〇三年三月

月沉尤觉晓朦胧，糠稗无由托远鸿。
难负友朋初意美，真容早晚见婆公。

弘一法师圆寂六十周年感怀

二〇〇三年四月

泉山祭大师，草木亦伤萎。
钟鼓悲欣话，箫琴送别辞。
丛林宗至论，杏苑忆高枝。
周甲惟弹指，长吟轸念诗。

出行

二〇〇三年五月

期舒骥愿立无根，车旧鞍新漫倦痕。

翘望雁高声已远，回敲柴院自家门。

寒露

二〇〇四年十月

听秋好趁菊秾时，莫待枫残雪满枝。
但举彩鸢桐岭外，一声霜意诉君知。

早春

二〇〇五年一月

嫩芽争吐报春时，家燕依依落旧枝。
歇笔掩书听语絮，薯腔不老咏童诗。

记怀故友

二〇〇五年九月

数丛霜菊倚窗栽，三二雏黄带露开。
遥念故人从海去，待栽新柳应时来。
宵寒可寄农家舍，雁锦当捎关锁台。
莫羡燕城多显艳，犹痴犹梦堕阴埃。

夕照

二〇〇六年十一月

轻霞一缕入斜窗，楼外海桐秋影长。
几簇橙黄摇曳里，清然落落探初霜。

今天生日

二〇〇六年十一月

亦无感赋亦无闲，时日匆匆淡泊间。
蜡炬重光微作噗，或呼花甲再童颜？

惠安一中九十华诞（二首）

二〇〇六年十一月

清秋佳庆聚莘莘，母校欣逢九秩辰。
兰圃菊坛新蕊艳，书楼黉宇故痕亲。
恩师矍铄臻梅骨，学长诚明拒俗尘。
未老童心霞焰起，衷肠融暖诉家珍。

出炉蒙乱恰耕莘，叙谊同窗托美辰。[1]
相忘竟呼乳号熟，重逢堪比弟兄亲。
羞颜且掩瞻萱德，勉力自鞭除世尘。
诚约期颐贞瑞日，倾樽促膝品新珍。

① 出炉蒙乱：我等一届高中毕业，适逢“文革”。

京华笔会

二〇〇七年四月

一宇晨光衬紫微，书香墨彩漾春菲。
依稀晓梦融初愿，静赏师朋健笔飞。

浪淘沙·参观中国美术馆画展

二〇〇七年四月

忐忑举身前，步律微颠。恰逢巨匠话庭间。隽逸诵吟同论道，共赋新篇。

泰斗聚霞烟，气象嫣妍。卷风帖韵付瑶笺。正是燕疏花满日，古墨时鲜。

秋夜

二〇〇七年十月

轻露微风夜，听更待晓琴。
涛声犹隐隐，静水自流深。

六十感赋（三首）

二〇〇七年十二月

家寄螺南积庆兜，为靴喜泣为粥愁。
车薪无望筹杯水，掩卷枕戈重起头。

犊牛浅识妄躇踌，经纬山河赴激流。
襄武赋文惟尽力，礁前浪底驾飞舟。

一程春暖热身周，晋石泉漳秉谨遒。
华彩半章堪破戒，畅然归卧远怀收。

早茶

二〇〇八年一月

月沉星冷缀三更，无绪叨叨梦不成。
冬老复知年岁老，一壶晨雨和茶烹。

鹭岛晨跑

二〇〇八年三月

雀语蛙鸣破永宵，柳风熙穆伴春潮。
孤琴偏扰悠悠梦，起向菽园听古谣。

京城遇学兄

二〇〇八年五月

凝眸华鬓竟无词，结伴青郊诉远思。
但望峻峰终却步，朽枯何胆上瑶池。[①]

① 却步：学兄举荐余往某社团任职，余怯而辞谢。

晨鹊

二〇〇八年五月

残月何怜越远途，斜光到晓透纱橱。
啁啾邀约柴庐外，日暮松阴待市沽。

自问

二〇〇八年五月

松间晚踱忽疑迟，扪问绳规可自持？
漫步从容无愧我，闲来拾得几行诗。

漫看京城

二〇〇八年十月

步赏宛平秋，只身随望月。
欲寻潭柘松，八达问新雪。

牛年说牛

二〇〇九年二月

时艰赴马前，悍壮气冲天。
夕望星河外，晨耕野岭边。
草枯无怨涩，犁硬益争先。
世路多同属，孰甘共海田？

梦回少时种菜

二〇〇九年十月

韭绿葱青淌末涓，泥猴无忌蹦溪前。

堆拦一坝浑浑水，冲塌堤头薯垄边。

长寿歌

二〇〇九年十月

纳海容湖襟腑宽，行端怀善自怡颜。
清心勤体多蔬果，与鹤为群寿比山。

忆江南·步和施永康兄长《忘却》

二〇一〇年十月

耕路远，擎炬破霾天。多几果瓜秋蒂落，一禾一粟寄婵娟，岁岁自当圆。

永康兄长原玉：

辉流远，清澈满江天。顾影逐秋盘玉下，风柔露淡笑婵娟，忘却几时圆！

谢庄锡福学兄《贺书展》

二〇一一年十月

入行勤务耗华年，无得真功笑怨天。
弄笔班门祈正斧，新秋好伴洛阳笺。

锡福学兄原玉：

金戈铁马十余年，公仆生涯别有天。
更聚风云舒笔底，腾蛟起凤落蛮笺。

京都四月

二〇一二年四月

燕山春暮未闻雷，雪絮龙潭漫逐追。
初识珍珠梅骨老，樱红岭上缀琼瑰。

书趣

二〇一二年八月

稚年寻趣惘描红，岁暮痴迷唯鞠躬。
偶有横秋因墨老，还求真率遂初衷。

南京遇书友

二〇一二年九月

重逢竟耗廿春冬，无忘紫金研墨浓。

邀集来年秋夕后，先朝贡院拜鸿踪。

壬辰国庆中秋双庆

二〇一二年十月

新秋新月顺时圆，不信蚍蜉撼我坚。
好趁双嘉歌一曲，枯喉和唱吉祥篇。

癸巳接贺岁短信

二〇一三年二月

小院枯枝忽绽梅，青霜染鬓亦当该。
叨承云露书晨课，一响清诗贺岁来。

步和王乃钦兄《梦中》

二〇一三年二月

如梭昏晓笑谈中，无负春花秋日红。
甘酿此生成老酒，好邀故友共年丰。

王乃钦兄原玉：

梦中昨夜上高中，一觉醒来醉眼红。
哪得人生如老酒，经年愈久价愈丰。

书友沧州笔会

二〇一三年三月

廿载相知情益稠，半壶三井叙幽州。

诗书画影勤耕种，瓜果新秋又满楼。

春晓

二〇一三年三月

一声麦碓唤晨烟，提轭擎犁旧垄边。
半片轻云飞过岭，蓑衣无忘老肩前。

癸巳七夕央视《园林》泉州开拍

二〇一三年八月

京都乡友聚�廊，欲采温陵唐宋光。
桐苑海丝情未老，纷将翰墨缀庭芳。

和王仁山先生《临江楼》

二〇一三年六月

咏罢临江新寄赋，欲寻隘路悟深苔。
欣闻又奏重阳曲，遍见黄花舞劲雷。

仁山先生原玉：

江流早卷烽烟逝，斜照垣墙半是苔。
谁诵毛公《采桑子》，楼中隐隐起风雷。

习画《武夷初秋》题款

二〇一三年十月

峰峦错落晓霞中，紫翠橙青叠万重。
欲待菊风梳九曲，丹山承瑞蔚秋红。

祭胞弟

二〇一三年十一月

去岁清明共踏春，今朝手足隔乾坤。
开啼父母知天命，岂料身心入窘门。
懵懂成家真与幻，艰辛生计昼连昏。
未盈花甲千回折，为释忧怀热一樽。

访向阳村

二〇一三年十二月

耕种殷勤无等闲，八山一水一分田。
向阳村寨多祥瑞，岁岁欢歌大有年。

和施永康兄长《履新感赋》

二〇一三年十二月

掌舵承谆嘱，铸勋榜首频。
鲜烹五店小，大构一城新。
环海书寥廓，畅怀溢慧津。
同襄最仰念，抖擞富乡民。

永康兄长原玉：

款款三叮嘱，路遥风雨频。
成龙期盼切，追虎运筹新。
踵事诚修远，增华俯问津。
志坚欣有道，情笃系人民。

和施永康兄长《开元同窗说释》

二〇一四年二月

紫云臻净界，知我本凡尘。
仁寿焉镇国？鼎新有后人。

永康兄长原玉：

桑莲名法界，石塔镇嚣尘。
静虑而朝彻，何来尽圣人。

甲午新正

二〇一四年二月

半宿烟花应日东，雏龙辞岁跃然中。
更催新马勤耕牧，待看今秋粟麦红。

甲午元宵和庄锡福学兄贺诗

二〇一四年三月

甲午月初圆，灯星没界边。
友朋频寄愿，珍重待同欢。

锡福学兄原玉：

三五月轮圆，春光不见边。
马蹄方履泰，佳节共腾欢。

感恩林汉宗师馈赠笔印

二〇一四年三月

一寸春华一寸红，恩师策马嵌襟胸。
锥花欲绣长磨杵，无慕虚名乃至衷。

夜读《浮沉庄则栋》

二〇一四年三月

龙潭椽笔复重提，实纪妙棋沦臭棋。
堪幸晚霞随日好，欣闻前眷拥贤妻。

访鲁光老师

二〇一四年四月

恩师竹苑五峰前，天赐方岩微缩篇。
浮起牯牛空戏水，墨翁牵入宛陵宣。[①]

---

① 宛陵：安徽宣城古名。

随鲁光老师访客

二〇一四年四月

京杭师友会丹青，笑应亲朋慕画情。
椽笔淋漓抒古韵，荷塘回响墨牛声。

和吴其萃兄《独步兰亭》

二〇一四年四月

久期圣迹阅青葱，尚待宜时道不穷。
期取晋唐无一二，难端羲献雅觞红。

其萃兄原玉：

兰亭古道郁葱葱，曲水流觞韵无穷。
羲之从此称书圣，最是醉人女儿红。

谒安抚使公陵

二〇一四年四月

半碑楷隶毕生功，勋业千春伴日红。
宿命辅征堪九死，余生勤政遂初衷。
安闽平税公尤奋，靖海固疆今亦同。
不竭明湖云水暖，泉松石柏永苍葱。

和黄长江兄《感事》

二〇一四年五月

聚散云烟莫入肠，星移斗转本家常。
淡观冷暖是非事，静伴余年斜日长。

长江兄原玉：

路见不平防断肠，是非曲直理无常。
莫烦世上纷纭事，小酒清茶话短长。

和陈贻萍兄七律

二〇一四年七月

弹指无痕已暮秋，无休碌碌自当休。
甘驰老骥由他意，自返顽童伴我州。
举酒齐眉浑好汉，抱书卧案亦良俦。
但将时日随心过，不忘稻粱非自谋。

贻萍兄原玉：

人生何必写春秋？颐养天年洒脱休。
花旦情缘描禹甸，书生意气话泉州。
功成应忘峥嵘昔，名就当思濡沫俦。
敢笑愚忠贤太守，大江东去为谁谋？

步和吴瑞聘老师《中秋》

二〇一四年九月

欲从菊韵觅新诗，师友华章与骏追。
频趁仲秋吟朗月，还将古意兆佳期。
先祈师友春长住，尤愿家邦固不移。
最幸于今行运好，九州圆梦恰逢时。

瑞聘老师原玉：

桂魄初升题画诗，捣衣万户不能追。
东坡举酒领衔问，李白停杯相预期。
海上生来银镜亮，天涯望去玉筝移。
婵娟千里与相共，两岸和谐融融时。

和吴汉民兄《贺中秋》

二〇一四年九月

秋歌来伴晓星明，取韵团圆尤挚情。
顺撷新辉描画卷，寄呈知己共安宁。

汉民兄原玉：

月到中秋分外明，难忘今生兄弟情。
我托明月送祝福，幸福快乐永康宁。

沪上和陈文堃兄弟中秋贺诗

二〇一四年九月

高雁吟哦骏骥篇，轻舒紫霭九霄悬。
带将乡韵抚襟过，沪浦泉山共月圆。

文堃兄弟原玉：

金鸡啼明天降瑞，嫦娥起舞月高悬。
占得清秋一半好，算来冰轮十分圆。

沪上和洪英士兄甲午中秋贺词

二〇一四年九月

但过中秋即晚秋，倘无欣悦亦无愁。
古桐残叶偏添序，丛菊新香正上楼。
偶举寸锋垂暮趣，频携老伴外滩头。
敬钦乡友吟怀热，聊寄卑辞谢故州。

英士兄原玉：

一年一度迎中秋，银辉洗练心不愁。
悲欢离合古来有，爱心永存月满楼。
襟怀诗情会良友，含饴养孙知白头。
唯有康健乐天伦，年年婵娟照神州。

和黄文生兄《中秋》

二〇一四年九月

一缕新凉未裹霜，遍山叠翠遍庭芳。
借来今岁团栾月，捧贺宾朋瑞满堂。

文生兄原玉：

中秋月朗地凝霜，秋露初结桂吐芳。
快意今宵倾美酒，乐飘庭院喜盈堂。

飞晋江延误

二〇一四年九月

订得晨航抵鹭江，懵然遥请转青阳。
明知必失贵宾座，偏愿常随经济舱。
签改唯求一刻早，误延无奈九分常。
利行成事当坚守，弄巧无功愧嫩姜。

霜降

二〇一四年十月

秋老逢新雨，听更夜愈凉。
晓来榕巷尾，清曲裹茶香。

山乡秋韵

二〇一四年十月

明墙幽瓦翠松中，枫岭丹霞各领红。
不恋今秋成色好，修犁晒种待春风。

甲午中秋感赋

二〇一四年十月

金厦焰光同海天，云霓浪彩竞飞旋。
汉关拜月潮波过，一曲乡心唱梦圆。[①]

---

① 汉关拜月：南音传统名段之一。

沪上

二〇一四年十月

浦滩慵步待冰轮，欲寄家山一梦春。
何事仲秋藏玉影？但将心语告乾坤。

甲午偶感

二〇一四年十一月

偏无秋晚落枫红，晨罐暮壶万念空。
岁近古稀逢甲午，还追潮月谒刘公。

药草漫话[①]

二〇一五年三月

桂枝生地苦参清，携伴防风叠茯苓。
甘草点妆蛇舌草，一身蝉蜕蒺藜星。

① 罹患湿疹多年，以中药调理，有缓解。

致李建国老师

二〇一四年十二月

舔墨吮毫磨腕功，谆谆师语励吾衷。
星晨佳讯意诚暖，来岁贞勤不事空。

赏读王仁山兄词二首有感

二〇一五年四月

新诵春郊比武陵，拈来山野九分清。
轻吟古院沧桑赋，老井泉甘溢故情。

仁山兄词二首：

阮郎归·虹山踏青

邀朋同入武陵源，溪山方蔚芊。雨过飞瀑渐愿喧，霁晴鸢戾天。
油菜灿，杜鹃妍，游人来满川。农家拍档竞时鲜，村姑招用餐。

千秋岁·永宁杨家大院

构型宏丽，百载长巍峙。绮户掩，闲庭闭。楹联经史语，雕饰西方艺。存深意，南洋桑梓菁华萃。

羁旅何迢递，世事多隆替。蛛网织，旋梯废。久封尘粉镜，曾照离人泪。亲眷散，不忘老井清甘水。

华光学院学生摄影作品展观后

二〇一五年五月

几番风雨梦潇潇，岂畏求知骥路遥。
诚报师恩萌寸草，穹门岁岁绽新娇。

和吴其萃兄《咏小瑜》

二〇一五年六月

玉影曾瞻自暗夸，留芳影史越川涯。
师生破戒身心美，今看春樱衬灿霞。

其萃兄原玉：

出水芙蓉直堪夸，饮露餐风荡天涯。
只因跌入光影里，半若莲花半若霞。

纪念抗战胜利七十周年

二〇一五年八月

浴血重生七十秋，九州崛起势方遒。
犹闻鬼魅凶嚣甚，敢赴沙场斩寇仇。

应泉州海丝书展题

二〇一五年八月

刺桐古港冠东方，唐宋歌吟万国商。
今驾好风承伟略，擎旗丝路拓新航。

乙未中秋沪上

二〇一五年十月

流连白渡叩淞江，问诊中秋竟作双。
一跺青阶聊自信，归航霞霭透舷窗。

和施永康兄长《感赋》

二〇一五年十月

聚力海耕筹，凝神立市谋。
身心堪尽瘁，经验续扬遒。
珍捧新垂念，悉温频共游。
簇红延万紫，圆梦大神州。

永康兄长原玉：

纷繁家国事，远瞩展渊谋。
黎庶云霓望，春秋德业遒。
闲居承动问，抚卷忆从游。
起听弦歌处，晴光满九州。

和施永康兄长《望月思乡》

二〇一五年十一月

牵念将军回月湾，古营海树共斑斓。
畅襟宜趁秋高日，诗韵伴君大道还。

永康兄长原玉：

画浴金狮不老湾，香岑镇海古林斓。
芒皑藤紫沙岗梦，浪急风高钓客还。

老松

二〇一五年十一月

北越扬江日渐冬，喃喃村外尚葱茏。

家山四序皆称秀，最念秋深不老松。

和鲁光老师《造屋》

二〇一六年一月

品悟恩师墨韵浓，拈来信手即巅峰。
一声偶赋持谦意，三度转身藏逸踪。
沥血新闻肩任重，呕心纪实誉名丰。
文思入画挥椽笔，大写童真镌昊穹。

鲁光老师原玉：

自惊花甲相思浓，卜筑公山近五峰。
野泊清溪喧巨壑，奇峰怪石伴孤踪。
修竹叠翠迤蜓碧，大木复苏锦绣重。
百鸟齐鸣邀好友，群贤浩唱拂苍穹。

丙申新正和李建国教授

二〇一六年二月

爆竹乒乓贺岁华，点燃一笑迸烟花。
欲追星火顽童梦，起贴春联衬早霞。

建国教授原玉：

灯火如星人如梦，游鱼似仙幻似真。
又是一年新岁月，傻看乾坤笑观灯。

和庄锡福学兄贺岁新赋

二〇一六年二月

岁暮赋闲期福康，未申隆替益和祥。
感铭师友真情重，遥祝心怡拓寿疆。

锡福学兄原玉：

义羊济世报安康，又见灵猴献吉祥。
一束桐花红似火，高擎祝您福无疆。

岁末赏梅

二〇一六年二月

香清形俊骨称坚，古赋新诗捧上天。
斟酌无非通节序，相随雏燕奉新年。

八声甘州·抗击疫情感赋

二〇二〇年二月

好江城畅浩瀚襟胸，迎庚子春波。忽交侵妖疠，晴川古鄂，广染沉疴。荆楚原畴呜咽，黎庶忍悲歌。冠毒狂饕虐，恙遍山河。

笃志慨然断腕，决计封三镇，无有蹉跎。聚神州精锐，逆向勇操戈。竞前锋、白衣天使，守门关、举国战邪魔。尊民本，敬珍生命，诚筑祥和。

八声甘州·阻断疫情感赋

二〇二〇年四月

定九州伟力接昆仑，鸿策挽狂波。集精英会战，激雷举火，江汉除疴。结对驰援踊跃，义胆谱豪歌。亿众凝心志，气震星河。

疟疠一时阻断，却犹然道远，万莫磨跎。更全球染疫，美霸恶挥戈。赞家邦，激扬群力，举良谋、奋厉镇嚣魔。持诚愿，挈扶邻友，大德雍和。

水调歌头·建党百年感赋

——叠旧作《建党七十周年感怀》韵

二〇二一年六月

坎坷亘连路，壮阔百年间。纪怀狮睡初醒，革弊聚英贤。京沪铿锵旗举，浴血惟明至理，枪剑出新天。蹈火逐洋寇，一统释真诠。

中国梦，复兴计，鼓涛澜。定标“双百”，强体剜腐动钢镰。首创脱贫奇迹，信步航天探海，志远未弛肩。长葆江山固，邦本以民先。

感获在党五十年纪念章

二〇二一年六月

璀璨晨星双掌中，老襟承喜漾春风。
重怀投笔追征旅，无忘面旗倾素衷。
暮岁愧嗟绵绩薄，徽光暖映晚桑红。
余年自勉不逾矩，守望清平非事空。

回望

泉州：宋元中国的世界海洋商贸中心史迹感赋（二十二首）

二〇一七年三月至二〇二〇年五月

题　记

2020年春，泉州以“宋元中国的世界海洋商贸中心”为主题申报世界文化遗产。这一主题，基于泉州丰厚的海上丝绸之路历史遗存，契合史实，彰明特质，展显内核，寓意高致。它鲜活解读13世纪意大利旅行家马可·波罗关于刺桐港乃“与亚历山大港齐名”的“东方第一大港”的史学判定，诠释泉州作为“光明之城”“世界多元文化展示中心”“东亚文化之都”的固有特质、传承脉络和延展动因，彰显泉州于宋元海商鼎盛，铸就海上丝绸之路起点的超卓造诣、斐然贡献、精神价值。

近年来，笔者再度瞻仰泉州海上丝绸之路起点史迹，欣获诸多震撼性新感知。如宋代古船出土勘正境外学界认为中华民族不是航海民族的偏颇误判；清源山三世佛铭记海上丝路与陆上丝路的互动交融；德化梅岭古窑承载泉州海外通航通商起源于初唐的不朽史典；永春苦寨坑古窑确立我国烧制原始青瓷起始年代前推二百年的笃定标志。笔者试以诗词句式记写游览之浅识，是为自我忆记，亦期同好共享。

寄愿泉州——宋元中国的世界海洋商贸中心之厚重古典文明再放华光，永恒璀璨。

上西平 · 九日山祈风石刻

畅东溪，镇北麓，守家州。九月九，接踵绅侯。低身叩首，愿寄天都瑞佑航舟。夷帆乡橹，乘风潮，安起安收。

轻弹指，千年过，山不老，水还流。主与客，镌写悠游。何曾着意，铸就泱泱海路春秋。趁新谋划，好担当，力奉宏猷。

洞仙歌 · 市舶司遗址

寥寥香火，庙前蹲碑记。犹傍清渠听流翠。问南薰[①]、梦里曾见依稀，司衙处，舟楫穿梭喧沸。

时烟云荡漾，开海兴邦，泉邑纷繁大都会。举市舶高瓴，减赋舒关，图共享，利家利外。最当喜鸿谋正催春，古渡骤升腾，聚珍凝丽。

上西平 · 德济门遗址

接韶光，濒晋水，固乡邦。起绍定，镇海平江。频经血火，颓卧硝烟掩迹苍茫。千禧开岁，应晨钟，重领春光。

初唐始，开商埠，城堡外，满桅樯。集客贾，聚宝街坊。墙垣不再，石鼓莲花厚幸彰彰。貌神重整，畅本心，续力丝航。

---

① 南薰：宋元祐年间泉州设市舶司，即海关，司衙位时南薰门，即今水门巷。《晋江县志》载："赵崇度提举市舶司，度与郡守真德秀同心划洗前弊，罢扣买，禁重征，逾年舶至三倍。"

洞仙歌 · 天后宫

浯江列岸，耸棂门仪宇。八百轮回阅寒暑。秉慈怀，助力虎旅征台，维灵应，诰号追封愈著。

观前濒晋水，辏集樯桅，自古番舟满津渡。恰汉阙秦宫，盛典频频，祈安畅，高擎檀炷。喜今岁温陵奋诚勤，应顺济初衷，再晖丝路。

真武庙

闽越玄天第一宫，石山弘道郡南东，
立崖巍伟推重浪，嗽海从容枕峻嵩。[①]
村野频年昌瑞雨，樵渔满路励勤风。
漫言泉邑武当小，丝路晴和著首功。

八声甘州 · 南外宗正司遗址

旧庭轩看落日流斑，孤榕偶鸣蝉。问睦宗翁仲，此间烟火，何事沉湮？曾漫壶觞弦管，罹诡佞诛残。一恸千霜过，换却人寰。

拥鲤年经百五，授中原技艺，河洛通言。润乡间开化，举教亦扶孱。率先头、敞舒缨锁，拓丝路、闯海越津关。逢春序，温陵雄略，再跃波澜。

---

① 嗽海：明万历《泉州府志》载，“玄武庙在郡城东南石头山，庙枕山嗽海，人烟辏集其下，宋时为郡守望祭海神之所”。

念奴娇·府文庙

襟怀远阔，畅门坊伟岸，喜迎宾旅。洙泗桥前参曲阜，朝觐棂星轻步。俯首泮池，登身月座，合十宗文府。环观廊庑，梦回贤关义路。

州学自宋初兴，金声玉振，于此扬旌鼓。黉序通灵多逸杰，农仕工商翘楚。异域行航，街衢开埠，才俊争襄辅。温陵隆运，骧群鸿阵腾翥。

满江红·开元寺

垂拱升光，呈祥景、紫云沐瑞。悟妙谛，桑莲缘善，翘诚开蕊。乘恺风袈裟励翼，挥椽笔晓阳书伟。举月台，尊御赐金身，承恩惠。

涌甘露，施定慧。登戒座，祈鸿祉。寄仁寿镇国，道怀高置。堂殿饰徽援外式，温陵民德抒明睿。此佛国，有圣士芸芸，弥街市。

忆江南（双调）·老君岩造像

温陵驻，古郡好山川。虎乳一泉情脉脉，春秋八百寿绵绵。鲤邑最延年。

缄口笑，喜乐入心田。静拨颐和经世曲，远思醇善惠民篇。丝路复催鞭。

风入松 · 清净寺

涂门东市沐朝阳。倚关庙垣墙。迎来四圣千年过，奉天意、宣礼坛堂。邻里相安相守，明君增护增光。

勤虔开港聚番商。泉郡启先航。扬帆万里丝绸路，畅辽阔、天海胸膛。致力中华重盛，吾乡奋勉铿锵。

伊斯兰教圣墓

一珠碧玉映渠清，春翠冬青奉至诚。
西域刺桐交谊早，云帆风舰踏波平。
时昌古港催先步，世盛豪风壮素情。
砥砺自强真铁汉，续谋鸿略看温陵。

苏幕遮 · 草庵摩尼光佛造像

万岩峰，慈慧境。妙德文殊，入化菩提影。一叠茅斋祈简净。千载流泉，激荡书声冷。

旧遗痕，新定证。源自波斯，遗留摩尼迹。今世人寰唯此胜。回映海丝，晋水风帆劲。

磁灶窑址

泉山每早春，灵秀毓瓷珍。
故土宜兴盛，梅溪甘苦辛。
宋炉存息暖，元釉溢辉纯。
展拓新丝路，奇缘迎再春。

渔家傲·德化窑址

宝美福缘焉破寨[①]？苍龙甘卧堪千载。薪火延烧真釉彩。腾瑞霭，凤纹莲瓣名天外。

瓷邑古来频奏凯，新程重奋新身态。丝路崎岖无懈怠，犹慷慨，掌珠含玉奔康泰。

满江红·安溪青阳下草铺冶铁遗址

春碧秋香，萦茶韵，青洋埔里。未敢想，墨岩灰土，栉鳞臻比。景祐升炉熔赤石，刺桐熾火铸贞器。延血脉，续潘洛周盈，三安丽。

海丝盛，兴吾邑。驰远渡，呈雄毅。好清溪勉力，助襄飞骑。古日古航多奋敏，“一带一路”重砥砺。再扬帆，乘气正天明，开新纪。

---

① 破寨：德化窑系代表性古窑——屈斗宫窑位于福建省德化县龙浔镇宝美村破寨山。

贺新郎·洛阳桥

江海交融处。越沧溟，津桥飞渡，岁盈千数。忠惠[1]赤衷思圆梦，请命归乡执务。曾几载，寒严暑酷？勘确潮期悬机妙，植蚝滋濡筏基臻固。望迴汉，健鸿翥。

看虹彩赵州身著。唤卢沟、相偕广济，领神州步。孰约蚁群书圣谕，敢问龙王赐醋。筹用度，慈航躬助。舒远怀安澜万古，立定桑梓畅流衔埠。跨险壑，向丝路。

安平桥

立地鸿江沐瑞光，夷番入聚与民商。
虹飞龙跃驱妖孽，路达港兴怡梓桑。
贤哲薪传资学路，英豪气贯复台航。
海咸风淡千秋过，天下石桥此最长。

① 忠惠：宋泉州郡守蔡襄主持修造洛阳桥。蔡襄累赠少师，谥号“忠惠”。

顺济桥遗址

通关德济耀华韶，浯笋双虹竞弄潮。[①]
达浙适苏臻百业，俯身奉力曜今朝。
洪潮涌过清源感，江月照无宋日骄。
雄镇天南成古趣，纪行丝路亦妖娆。

江口码头[②]

宋元开海埠，丝路越洋通。起碇当闽粤，先帆始刺桐。
津门濒后渚，江口驾前鸿。富美行西域，文兴纳远篷。
福船腾逸骏，胡橹乘熏风。万国商潮涨，十洲瑰宝丰。
乡珍晖镇集，家铺缀夷璁。锡品连瓷品，香笼叠药笼。
忽遭倭寇患，遍置卫关丛。立闭柴扉紧，随移市舶空。
圩声旋鲠噎，港浦亦尘蒙。罕漫流云里，萧疏失意中。
华年逢盛世，豪气拂苍穹。“一带”兼“一路”，大贤谋大同。
古城弘特质，众志守初衷。圆梦新时代，复兴重建功。

---

① 双虹：代指通济桥（俗称“笋江桥”）与顺济桥（俗称“新桥”）。两桥分别建于北宋皇祐、南宋嘉定年间。近年被洪水冲塌，仅存遗址。

② 江口码头：位于晋江口北岸法石村，系泉州港内港，有文兴、美山、富美等系列码头。法石海滩曾出土宋代沉船，系福船型远洋货船。

风入松·石湖码头

长堤向海骨铮铮，直面浪层层。笑迎澎湃强身骨，竟千年，回响铿铿。开渡帆扬欧亚，家珍夷宝生生。

群鸥唱和炫萌萌，续宋韵声声。歌吟万国商航梦，今重圆，亘亘横横。放眼环球生息，豪书大略程程。

鹧鸪天·六胜塔

挽定依依双绿洲，通和浩浩两江流。镇关开渡臻鸿举，引海牵舟借风眸。

祈橹楫，每祯祺，当风抵浪惠耕畴。任凭潮起还潮落，谨笃勤诚傲素秋。

破阵子·万寿塔

立壁攀崖昂首，山川风雨瞋眸。姑嫂贞诚萦父老，敢立云端引楫舟。琼英恸海流。

欲谱新城风曲，还歌关锁清遒。虔领家船归梓里，迎导夷航上我州。好登威远楼。

泉州海上丝绸之路起点史迹感赋（五十五首）

二〇一五年一月至二〇一九年十二月

宋代古船（二首）

湛寂礁滩七百秋，今朝唤起耀方州。
名师精谨寻帆影，故里贞虔筑护楼。
演绎福船茶马道，镌书泉邑海丝谋。
敢夸舱密良工巧，启碇时年艺领头。

远闯思归每盛秋，清源引我返乡州。
文兴发棹追云路，蟳埔收帆望海楼。
资鉴宋元隆盛事，策筹桑梓远高谋。
联商万国时今事，吾郡当先自昂头。

后渚港（二首）

立埠南朝开海门，乡园万户乐迎春。
水关舟楫频夷客，馆驿市曹多异珍。[①]
石巷起兴蚝壳厝，榕庭聚叙里邻亲。
常栖风舰墩台健，丝路引帆我邑人。

于斯中华敞家门，喜纳海丝频盛春。
南北连趸启远渡，中西通货聚奇珍。
关津潮壮长航魄，河洛情融异域亲。
无负东方第一港，从容市井十洲人。

朝中措·石湖港（二首）

江流汇海涌纷纷。舞浪跃青豚。坠岛并擎砥柱，任凭澎湃浮沉。
浙闽冲要，督巡据守，总揽边门。独设关防衙署，泉台对渡殷殷。

曾随风舰羽纷纷。鸥鹭戏游豚。鸣唱先驱奋励，诵吟三宝钩沉。
再看丝路，川流楫橹，畅启津门。风韵尚承端午，赛舟泼水殷殷。

---

① 水关：宋泉州市舶司设有市舶库、水关等。馆驿：南宋建炎年间，南外宗正司移泉州，置旧馆驿一带，迁入宗室数百，后增至三千余人。

围头湾

宽怀金井纳金门，镇扼州南勇挺身。
曾隐浩波夷舶货，今迎彼岸故乡人。①
观光战地怀尤壮，过峡龙泉情最真。②
自有爱拼争胜志，欣欣半岛早逢春。

安海港

安澜古县耀圭璋，理哲忠良熠瑞光。
越海虹梁威誉远，同圩胡贾市街长。
敢犁鲸浦开先步，敦启鸿江闯浩洋。
冬浪春潮凭起落，驾风新纪续津航。

① 夷舶：台湾船舶。古称台湾为“夷洲”。
② 龙泉：2018 年 8 月起，大陆引晋江龙湖水经金井向金门供水。

石井港

孤忠举剑逐夷蛮，故里文华灿海山。
骏马朝江龟献瑞，锦鳞嬉水鹤归闲。
战袍犹梦贤功满，宪第频迎故戚还。[①]
谐步青葱新港路，试将名胜缀诗间。

东石港

寄意承襄海丝长，棹歌螺号汇华章。
刺桐勤种千春暖，椽笔豪书百业昌。
港埠频夸多货品，商帮每赞好船行。[②]
复期航路连台岛，信有佳风伴凤翔。

行香子·清源山

西月余星，拾级闲行。趁秋韵，尘净怀清。弥陀禅悟，瑞像灵听。拜南台过，赐恩暖，碧霄澄。

梵佛三世，缘起元明。越苍茫，七百华龄。佑航远渡，丝路通莹。望刺桐港，帆新启，晓风迎。

---

① 战袍、宪第：石井港所在石井镇为民族英雄郑成功故里，存有延平王祠、中宪第等史迹，展出郑成功盔甲等文物。

② 好船行：自古民间传有“安海好商行，东石好船行”“东石船运安海货”之说。

永遇乐 · 威远楼

翘脊飞檐，绮梁华栋，堂宇光璨。岁岁元宵，繁灯皓月，对映春光满。人潮荡漾，熙熙攘攘，最是刺桐温婉。畅胸襟、尊仪和美，性兼谦恭威远。

烘烘鼓乐，泉山相伴，阗阙巍巍伟岸。卫守关前，屡经灾患，昂立摩霄汉。秉持忠耿，率航丝路，诚度樯桅如愿。好时势，侪辈奋敏，续征浩瀚。

溜石塔

据守关山第一户，牵江揽海立潮头。
云舒云卷身前过，帆落帆升眼底收。
驱浪守安坚砥柱，追潮望远壮鸿筹。
何甘充缀滨江路，寄意新航泛五洲。

泉州鹿港对渡碑[①]

闽台对渡早行航，鹿港温陵举贸商。
昌世畅关开府署，蚶江立榜壮官防。
楫舟穿峡几多载，碑志流荒二百霜。
失理分身昆玉毁，得缘圆镜雪晖长。
云程奇巧悲欣戏，智者专诚煦暖肠。
偶拾半章追完好，每循四野踏炎凉。
秉虔持定浑无悔，存古守真诚可扬。
残本重生乡梓盛，尤期一统告沧桑。

輞川青龙桥

虹梁巨伟伴麒麟，崛起螺阳畅港津。
千载惠民芳誉远，再续丝路奉渊淳。

① 泉州鹿港对渡碑：清乾隆年间开放台湾鹿港与蚶江对渡，设蚶江海防官署，后建衙立碑。碑曾被毁弃。20世纪70年代一中学教员发现半截石碑，经数年寻找，终获另半。该碑为记载闽台对渡史之重要文物。

来远驿

番商隐隐叩崇阳，青石重回市舶光。
斯日港前满异宝，何由街后断夷航？
老渠无憾空流水，邻舍新开大卖场。
但看巨椽谋伟略，刺桐重著海丝章。

望江东·金山寨

高踞金山守津渡，镇江海，观云路。直通市舶禀天数。御野寇，雄师驻。

曾游古道沿秋暮，瞰老井，清流注。衷祈石寨永严固，造新梦，腾新步。

行香子·永宁卫

冠号鳌城，守望良畴。踞边陲、镇扼咽喉。领衔闽卫，砥柱中流。手携津门，偕威海，护金瓯。

曾蒙倭患，饮恨吞仇。水关血、莫付渠沟。应期街洗，无雨绸缪。愿祈谐美，事宏略，展豪遒。

八声甘州·崇武古城

望蜿蜒海陆峙雄关，峻立傲云天。缀龙咽唱晓，狮岩晚照，龟寿延年。崇报崇山香焰，乘盛世飘旋。遍有新庭院，春韵翩跹。

巡看垣墙弹迹，记日侵寇袭，重炮摧残。亦曾屯虎旅，转战镇倭蛮。振雄师、驰舟犁浪，斩荷夷、浴血竞扬帆。祈圆梦、九州归一，两岸同欢。

洞仙歌·郑成功墓

鹅黄数点，缀半坡秋绪。肃穆群松岭前伫。仰孤忠，恒秉坦荡胸襟，惟尽瘁，欲保江山万古。

青春怀远志，才德兼修，负印挥师护宗路。尚文不贪财，武不贪生，承国姓，许心疆土。看今日军民愈坚贞，志两岸和衷，魇魔难阻。

施琅故宅（三首）

老园春翠复秋葱，四序芳花次第红。
最是耀宗光祖事，挥师一统澳溟东。[1]

葺修前院绿葱葱，澄碧丛中数点红。
闻道将军多迈绩，容听讲古泛西东。

欲瞻居宅失青葱，夕照残墙一抹红。
碑立诚言呼岁暖，家珍莫任付流东。

俞大猷故里

少小痴书习武生，为将心志奉邦城。
剿倭歼寇边关定，固本安民地俗清。
自有良谋称睿敏，尤从捷报奉忠诚。
虎龙高节传风范，今岁温陵愈壮声。

① 澳溟：水深处。借指海峡。

崇武戚继光塑像

复镇崇城秉化钧，运筹帷幄自凝神。
封侯非是平生愿，报国方为好汉身。
扼海固疆呈智勇，经文纬武捧贞淳。
衷怀一统朋侪志，同仰传家忠义魂。

延福寺

太康升座晋安西，天竺禅缘臻福禧。
舒启刺桐闯海志，刊铭丝路祭风诗。
时昌津渡多番舶，埠热航舟满号旗。
寻探宋元留典迹，摩肩宾客上嵚崎。

行香子·关岳庙

信善盈堂，陆海传芳。倚通淮，耕牧承光。恭迎鹏举，尊奉云长。英豪双立，秉忠义，暖家邦。

经年六百，阅尽荣殇。乡邻事，唯望安康。欣逢盛世，岁序恒昌。庆绵香火，翊宏略，启新章。

沁园春·承天寺

西望崇阳，北眺泉山，寂寞月台。悟菩提缘契，留园承瑞，温陵佛国，莲宇丛开。松卧清风，池生梅影，诚奉禅思悉剪裁。尘无染，度杉浮龙井，双塔飞来。

曾经湮没嚣埃，尽衰草污流渗腐苔。幸家邦回暖，百花重艳，仁人智慧，再塑云斋。德道高僧，狮城弘法，种福桑田真善怀。当歌赋，颂情融台海，共铸和谐。

风入松·南少林寺遗址

依山起势竞恢宏。曲径绕青松。晨钟破晓催僧众，续嵩山、练武修功。偶遇蓝睛徒弟，花拳绣腿从容。

泉南旋荡少林风。承衍凭智空。义僧操棍扶唐主，落清源、延脉诚衷。每废重兴无止，尤诠此乃真宗。

南天寺

青岩兆瑞放华莲，岱萃峰灵好入禅。
骨脉沧桑修妙相，韶仪质朴脱尘缘。
甘修自在八荒近，终悟皆空一梦圆。
虔恳泉南真佛国，加持丝路愈通宽。

蟳埔村

敌忾同仇逐恶狼，鹧鸪山下镇遐疆。
埔前沧浪唐开渡，屋畔惠风今满樯。
远客争看蚝壳厝，高朋漫赋海丝章。
追奇髻顶百花艳，粗脚红衫皆细娘。

石头街[①]

立埠开元敞港津，鼓梆螺角入层云。
美山戛口樯桅满，望海楼头贾客勤。
井月巷风吟马可，文华薪火慰灵君。
古舟身外新航远，丝路驰翔乘霁氛。

踏莎行·土坑村

余翠留青，涂山秋暮。卷潮岩畔轻霜露。鸱吻燕脊跃层层，首称百万刘家墅。

文选青斋，凌云毓武。流光螺邑居仁府。身勤志远拓丝航，一街古厝皆诗赋。

① 石头街：位于泉州市区东海镇。传马可·波罗于此登岸。存有马可巷、马可井等史迹，村外海滩曾出土宋代古船。

聚宝街

浯泉笋月畅襟怀，德济穹门向海开。
楫橹临津寻熟客，贩商夸货亮奇瑰。
通商万国扬帆去，联谊十洲穿浪来。
物阜风和盈港市，夷花乡树一庭栽。

水调歌头 · 西街

接踵异乡客，趋品老甘壶。城心塔下闲步，堂号响连珠。曾井三朝通政，孝感台魁甲第，小筑缀清居。双塔开元寺，怀纳释道儒。

寻端口，起唐宋，岁千余。此间“佛国”，童叟皆读圣人书。隆运兴文开埠，家宝夷珍互市，吾郡益华腴。凭甚换颜面，还认古桑蕖。

花巷

名号兆隆昌，寻源起晋唐。
雁乡称梦粿，夷客叩崇阳。
隔路贤臣院，邻家针凿行。
持诚通政道，心塔正长航。

打锡巷

海丝始刺桐，欧亚绽花红。
转撷夷邦里，移栽吾邑中。
关南图共济，郡内构和衷。
身起崇阳下，街通学府东。
门坊连旺铺，壶罐蕴专工。
商贾兼名匠，身心集巧功。
艺坛追超卓，市井逐兴隆。
自古堪巢凤，温陵不老松。

八声甘州·中山街

伫街衢一望满骑楼，敞鲤邑华轩。顺贞观以降，南端承水，北首朝天。泉秀涂门熙攘，花巷夜斑斓。威远泉山韵，昂立坤乾。

每每潮平潮落，世尘惟难测，沧海桑田。老街坊叙旧，一笑过云烟。正修身，薪传文脉，重乡愁、不悖古容颜。从心许、中宵朗月，故里诚圆。

八声甘州 · 苦寨坑古窑遗址

正丙申佳讯趁春芳，一鸣彻金瓯。看岭坑苦寨，卧龙跃起，质朴神遒。麟甸透迤碧翠，蕴古韵横秋。珠缀桃源邑，归誉先俦。

岁序三千七百，自夏商点火，沧海田畴。幸今朝崛出，立新说赳赳。久成论、青瓷始制，数德清，至此易泉州。诚歌赋、国华璀璨，瑰宝星稠。

雪梅香 · 梅岭古窑遗址

越重岭，攀岩跨谷觅窑群。过三班新镇，欣瞻泗水龙鳞。屈斗巍巍大炉美，蜿蜒十丈接星辰。竟千岁，礼奉春秋，长举壶樽。

奇珍。续陶彩，象牙青花，碧翠缤纷。雪白澄明，遍称瓷宝之尊。自古先行树风范，典图章法事耕耘。丝绸路，寄望殷殷，腾翥鹏鲲。

月记窑

卧岭越洪荒，流年四百霜。
乘风彰慧勉，举火续焜煌。
油滴明清韵，兔毫唐宋光。
趁春春不断，丝路溢芬芳。

安溪茶

名茶自古出清溪，遍种高丘云作梯。
毛蟹本山黄金桂，观音冠铁史书题。①
誉萌深涧多珍贡，光泛夷洲映紫霓。
溢韵海丝香满路，舱舱嘉意越洋西。

苏幕遮 · 永春香业

达埔梅，蓬壶桂。一瞥庐园，芍药争璀玮。白芷紫檀融玉蕙。凭菊花台，月伴轻烟醉。

谷蒸霞，山叠翠。万里祥云，越海温陵会。漫论蒲门功与罪。但喜香都，佛手书清蔚。

甲第巷

名衔鹤立托欧阳，闽学启宗衍世昌。
种李栽桃开气运，倡文兴教暖州乡。
双嘉勋绩传声远，少岳德功扬誉长。②
泉郡贤才修隽望，海丝云路焕春芳。

---

① 观音冠铁：即铁观音，与毛蟹、本山、黄金桂为安溪四大名茶。

② 双嘉：陈嘉庚、卢嘉锡。少岳：张文裕，曾名张少岳。

南音

缘追秦汉起箫琴，雅板清铃和素吟。
闽越晋唐开海路，管弦丝竹入胸襟。
宫商隐隐坛堂梦，角羽潇潇桑梓音。
彼岸郎君邀曲友，琵琶横抱诉乡心。

梨园戏

唱念婉悠起刺桐，下南上路乐和衷。[1]
旦生净丑七连串，锣鼓箫琴十八功。
庄尚寒窑悲喜事，谐追荔镜淑贞风。
连台泉韵穿洋过，曲曲乡关明月中。

提线木偶

天南地北手提间，玄德公明一线牵。
爱恨情仇随演义，升平歌舞喜连篇。
管弦堂上招邻舍，锣鼓田头震晓天。
过海漂洋乡土韵，相携老幼乐台前。

---

① 下南上路：梨园戏发源于宋元时期的泉州，分大梨园、小梨园，大梨园分上路戏、下南戏。保有《吕蒙正》《荔镜记》等传统剧目。

一剪梅·天主堂[①]

入步中原七百秋。礼拜温陵，尤领先头。郡风纯朴奋驱离。随尾烟枪，再渡江州。

释道儒宗从善修。互作缘由，羽翼长留。结缘许厝事重兴，哥特桑莲，相守鸿俦。

泉南堂

传声泉郡认初唐，夸水连山聚圣光。
海国钟鸣期散叶，神州襟宇乐分香。
闽南邹鲁开源远，弥撒心经聚日长。
大度吾乡诚纳客，共修桑梓步康庄。

风入松·陈埭丁氏宗祠

向传陈埭万人丁。桂宇起荷庭。出砖入石腾龙脊，分明是、泉郡瑰琼。却道波斯嗣裔，瓞绵辈辈簪缨。

续书丝路历峥嵘。开海越东溟。摇篮血迹长无忘，归乡梦，环此牵萦。新有方舟来谒，交谊之树常青。

---

① 天主堂：位泉州花巷许厝埕。

苏幕遮·百崎郭氏家庙

沐晨风，迎晓霭。器宇恢宏，龙凤呈标态。历雪经霜六百载。毓秀钟灵，应三阳开泰。

揽双江，襟似海。溯脉波斯[①]，承续西周派。文睿武英频叠彩。再启丝航，跃跃争模楷。

世家坑[②]

友邦盟好本相宜，栖寄涂门忍忿悲。
宗裔悟禅尊梵谛，族孙归化毓贤奇。
匾题东石锋毫现，职奉洛桥声誉驰。
灵岳隐声传大纛，芳春再展海丝旗。

① 溯脉波斯：据考，百崎郭氏先祖来自阿拉伯地区，最初定居杭州富阳，后裔郭德广奉命军务，定居泉州，其孙辈移居百崎。

② 世家坑：位于泉州城东的世姓家族墓地。史载明天顺年间，锡兰王子率团来谊，回程经泉州时闻其国政遭变，就地留居，后裔取王子名首字谐音之“世”字为姓。

踏莎行 · 番佛寺

暮日沉西，风庭孤寂。槐叟碑老秋中立。乡人犹奉七分诚，衍香脉脉堪屏息。

天竺遐宾，宋元留迹。毗神甘客温陵籍。回眸丝路聚殷勤，梦还灵宇曾端极[①]。

浪淘沙（双调小令）· 白耇庙

瓦墁接晨曦。朱翠相宜。秋霜春雨砺遐期。凡犬堂皇登圣殿，自古称奇。

来谊借佳时。不意流离。幸承灵兽解垂危。似海胸襟尊义理，奇亦无奇。

① 端极：极致。宋叶适《沉元诚墓志铭》：“博书瑰传，皆究端极。”

石笋[①]

凌空一柱镇关山，惟近乡邻岂接官。
不解惠连曾憾折，堪怜成化复贞完。
疑归异域图腾物，当属家邦释道坛。
惯看桅樯迎远客，风清月朗笋江宽。

① 石笋：实心石塔，位于晋江南岸龟山，近接官亭。

关于诗词的随想

为满足自己一份诗的“遐想”，很是烧脑地拼凑了这一堆字句，竟无所忌惮地辑为小册。也好，可用以叩请老师同道指教。回头想想，有心得的不仅是这些字句，拼凑它们的过程，很享受。

练习用词造句，对于诗词渐渐有了些许构思的“概念”，也有了些许操作的“随想”。既是随想，不经意不成熟也不专业，很私人很粗浅也很偏颇。有的可能是“圈内人”不愿碰触的忌讳，笔者放胆碰一碰，期待一种反响。

一

意想迈入诗词门槛的时候，似乎对诗词的道道有点不以为然。不就是按五个字、七个字把句子凑齐，再打个韵脚，应该就八九不离十了。数年之后凑出一堆，打出纸稿拿去拜托本土诗家王老师把关订正。老师看过，静默了片刻说：“没关系，就当作古风，反正也没写七绝五律。”听懂了老师的意思：这一堆语句至少不合律。时隔不久，文士吴老师看到笔者涂鸦上写着一首《六十感赋》，很真诚很在意地提示：意境不错，如果把平仄再调整一下就更好了。吴老师还把修改的建议写在条子上送来，笔者好生感动。

吴老师说，写诗，要有诗的思维，要有诗的故事、诗的语言、诗的音律、诗的意境。

诗词创作是讲究法度的。就算自己野了，想绕过去，也得知道法度的要素。于是上书店买来数册诗词格律的书，硬着头皮去啃“平平仄仄平平仄，仄仄平平仄仄平”。

面对任何学问，都该敬畏以待，严谨以待，殷勤以待。

诗的故事表达诗的主题。沿着主题的轴线，让一串诗话紧扣着它伸展开来，这是诗词的基本构成。诗话要有故事、有细节、有情愫、有感悟，诗话抵制空话套话，排斥无病呻吟。

诗的语言超越通常的修辞方式。诗词语句如果只用白话讲故事、说细节，即便“分行排列”也不是诗。那就会成了人们时常所形容的：索然无味，似同嚼蜡。即便是叙事诗也要采用贴近事物又超于现实的修辞手法，让那些故事更富于具象、动感、活力和意蕴。

诗的音律表现诗词可歌可诵的乐感节奏。古典诗词讲求音韵，现代诗一样讲求节律。中国古典诗词里尤其是格律诗将音律表现到极致。格律主导着诗词的音乐美。依着平仄、叶韵基本格式创作的诗词，节奏明快，如歌如诉，或铿锵激昂，玉珠落盘，或委婉温雅，莺歌唱远。

诗的意境是诗作的魂魄。它脱出文字的直接表意，蕴含于篇章的深层。它会引发读者浮想联翩，感悟层递。所形成的感知，很可能需要用另外一串语言来表达，甚至是一种难以言喻的共鸣。

构思诗的故事、诗的语言、诗的音律、诗的意境，就是诗的思维。

吴老师所讲述的要点，笔者这样理解：诗词运用与别的文学体裁的相类似的组织方式，围绕主题，起承转合；也运用不同于别的文学体裁的构造方式，叙述故事、描绘物象、寄情音律、抒发感怀。读者读过，可以感知内涵身临其境，可以感知意趣萌发联想；或有同感交流，或有异议切磋，或似豪饮心如撞鹿，或如细品回味绵长。“锄禾日当午”记叙农耕故事，“汗滴禾下土”诉说劳作细节，于是，“谁知盘中餐，粒粒皆辛苦”的规劝就会转换为实在的人生感悟。同样，“半亩方塘一鉴开”铺开场景，“天光云影共徘徊”聚焦细微，“问渠那得清如许，为有源头活水来”的哲理便顺流入襟，一怀温暖。

二

笔者开始学着堆垛词句的时候顾不上格律，凑成的小豆腐块不敢加注“七律五绝”。之后觉得需要切入格律，摸着石头蹚水，但至今没过河，依旧一知半解。虽有收获，甚是微薄。

现代人对格律诗的格律多有不同认知。有的以为格律是一种束缚，紧箍脑门捆绑手脚。笔者也曾经冷待过，但视为束缚却不会苟同。

格律诗词是中华文化瑰宝中的璀璨明珠。我们传承它更要珍爱它。吟诗作赋很是雅致很有情趣，但不是游戏文字。即便只是附庸风雅，严肃起来说都是一种亵渎。诗词有它自成体系的法度，格律或许就是格律诗的“基本法”。尊重格律是敬畏法度的表达，也是持守传统的体现。

当然，诗词是个多元化的概念。主题、意境、心绪千变万化，诗体、格式、趣向各取所需，绝不是“格律诗才是诗，自由诗就不是诗”。但只要标注“五律”“七绝”，那就表示采用的是格律诗的体式，就应当遵循格律诗的道道来运作。合着可以套用一句古话：从心所欲，不逾矩。

笔者感觉：诗的格律相对简约，讲求平仄、用韵和对仗。词的格律相对复杂，每个词牌都潜藏着自家源流，都蕴含着一份初心。每个词牌的格式相对固定，各阕句数、各句字数立定范本，然后照样讲求平仄、用韵和对仗。它们应该是古代诗人们为了让诗词更加唯美而对于诗艺的创造与拓展，成为共同认知、相与持守的约定。

格律诗的平仄规范似乎比较直观，有可平可仄的灵活空间。古时曾经有过“一三五不论，二四六分明”的简化方式，流传久远。其实“一三五”也不能“不论”，泛泛地“不论”可能带出“三平尾”“三仄尾”“孤平”的尴尬。如果把“一三五不论，二四六分明”和注意防控“三平尾”“三仄尾”“孤平”等“硬指标”统合起来，或许是个较为适中的路子。近来有诗词“教科书”以类似于这一“统合”方式推出格律诗平仄配置的格式，明订哪个字位平仄可以灵活，哪个字位平仄固定，不啻为一种既“紧张”又“活泼”的版本，让人感受到倡引者的良苦用心。

格律诗的谐韵，师友们大多崇尚平水韵。这是主流。

平水韵用起来方便。平水韵收录汉字六千余字，分列 106 个韵部。熟读熟用平水韵，应该是作诗填词用韵的“正途”。或许自有平水韵起，诗家便把平水韵视为“定律”。凡符合平水韵归类的即是合律，否则便是不切韵、“无平仄”。

语言在不断更新，不断进步。汉字发音进入普通话时代，平水韵把汉语声韵固定在千年之前的节点上，却也着实值得推敲。

1984 年辽宁人民出版社出版的任秉义《诗词通论》介绍，古代诗歌、辞赋多为有韵作品。六朝时期开始讲究诗赋的平仄和用韵。唐代施行科举，要求诗韵采用官方认定的唐韵作为统一标准，而唐韵将当时的汉字划成 195 个韵部。宋代朝廷重编韵书《广韵》《集韵》及简本《礼部韵略》。南宋理宗年间山西平水人刘渊修编《礼部韵略》，归纳为 106 韵，称作“平水韵”。元代、清代虽有变化，依然沿用着平水韵。

笔者从诗词史书了解到，从隋朝切韵到平水韵历经六百余年，平水韵生成至今八百余年。其间，汉语语韵的形成与运用经历了三个过程：一是从音律的初探到唐韵的形成和通用；二是探讨韵部分类艺术性与实用性的融合，增简归并，诞生了平水韵；三是在文字语言趋向统一的潮流中，语韵分部渐行稳定。

秦代“书同文、车同轨”之后，汉语口语演变到今天，大致有两个主要演化特征。一个是从地域性方言走向语音的统一。文字的统一不仅在于字形的规范，也在于字义的认同，字音的趋同。另一个则是字音声调的简化。古汉语延伸到如今的普通话，先前语音的多声调已归并成阴平、阳平、上声、去声四个音调，古汉语中的入声在普通话里已经完全消失。

诗词韵部的演变和语言演化必定相互融合。魏晋、唐朝时期诗韵归纳成两百来个韵部，平水韵将汉语音韵分为 106 个韵部。平水韵之后，诗词行家们为韵部的规范、简化不懈探索，也依然延续着平水韵的框架。

普通话推进了汉语音韵的统一和规范。汉语拼音为汉语音韵的统一和规范发挥了基础性作用。汉语拼音与平水韵存在明显的分韵差异，反映在诗词曲赋的用韵与声调上，便相应出现合律不合律的“双标”。普通话发音合韵合调的，用古时音韵衡量却多有不合律者。笔者用韵图个轻快，往往烦恼、尴尬于此，皆因诗词功底肤浅。大多数喜好格律诗的诗家词人，对平水韵驾轻就熟，根本无此纠结。但平水韵毕竟保留着古时的发音习惯，存有地方语音的影响。诗词音韵向汉语拼音靠拢似乎是“必须的”。如有与普通话相衔接的诗词音韵新范本，无疑可以化解现行语音与诗词传统音韵的不和谐。

其实这已不是新话题。数百年来文人骚客的探索和成果，为诗词音韵与主流语音的归一做了铺垫。资料介绍，明清时期出现主要用于戏曲的“十三辙”，它的蓝本是北方方言，和现行普通话同根同源。清代的《词林正韵》将汉字音韵仅分为 19 部，也承续着平水韵的传统根脉。

2010 年，中华诗词学会整理出了《中华新韵》。2019 年，国家语言文字工作委员会审定通过《中华通韵》。《中华新韵》与《中华通韵》的显著特征，是以汉语拼音的基本韵母作为定音、分韵的依据，引导诗词用字的音韵与现代语言接轨融合。《中华通韵》推进诗词格律的本质继承与形态创新，为诗词传统音韵规则向现行语音并轨奠定了基础。

这里，完全没有贬低、亵渎乃至取代平水韵的意思。平水韵在我国诗词曲赋发展史上为字音的声调、韵属发挥了统一、定规的作用，它的贡献不可否定也不会磨灭。随着普通话的深入推广，诗词音韵规则作相应调整，这是语言发展的必然趋向。但它并不代表对史上文明成果的否定与替代。比如戏曲，许多地方剧种至今繁茂昌荣，它们的道白唱腔保留着当地独有的方言音韵，并以此提振剧目的意趣和魅力。同样，诗词曲赋是我国古代流传下来的高雅艺术，以古语音韵来传承它的古早味，一样富有意趣和魅力。

三

格律是诗词的外在形态，诗词最内在的东西还在于意境。它应该是诗词的灵魂神韵所在。

诗词的意境是什么？笔者初学，对“意境”这一概念实感玄乎。诗词读物介绍，诗人们一直在探讨这个古有的命题。唐宋以后，生成了不同视角的解读。有的以为诗词的主旨在于“妙悟”，有的推崇诗词的品位在于“格调”，有的崇尚诗词的本质在于“神韵”，有的则主张诗词的意韵在于“性灵”“性情”。

南宋诗论家严羽很直白：“大抵禅道唯在妙悟，诗道亦在妙悟。”有批评家认为严羽的主张过于缥缈神秘，说他把诗道和禅道搭接在一起。笔者觉得严羽的“妙悟”不无道理，它如果意指诗词的语言形态流动着情致之妙、哲理之妙，诗词意境应该就有了立足的根基。

明代李东阳的诗友群认为诗词的“真得”在于“格调”。李东阳的《怀麓堂诗话》里描述：“诗必有具眼，亦必有具耳。……试取所未见诗，即能识其时代格调，十不失一，乃为有得。”“所谓律者，非独字数之同，而凡声之平仄亦无不同也。……律者规矩之谓，而其为调，则有巧存焉。”他讲究作诗填词必须和规矩体例丝丝入扣，“十不失一”，其中必然“存巧”，就有“真得”与“格调”。

李东阳以及之后的明弘治、嘉靖年间数代诗人相继尊崇的诗词“格调”，影响久远。清乾隆年间沈德潜奉旨编辑《唐诗别裁集》，他依然固守重在形态音韵的“格调说”为遴选标杆。而早于沈德潜几十年的王士禛则别有认知，主张诗词贵在“神韵”。他推崇严羽的“盛唐诗人，惟在兴趣，羚羊挂角，无迹可求……如空中之音，相中之色……言有尽而意无穷”。王士禛从崇尚“格调”的主流飘然而出，把诗词意境的取向标定于“惟在兴趣”“味外之味”。王士禛所追求的神韵与妙悟或有类似之处，但妙悟可能直接见诸字面，而味外之味的神韵则需要用心去解读、领悟。有人说王士禛是因为天赋与功底不足，妄言神韵，用以掩饰才思浅薄。这样的讨论，显然超出了探讨诗词“意境”的范畴。

与沈德潜同朝为官的一位知县袁枚，不赞同“格调说”，也不赞同“神韵论”。袁枚对于诗词的气韵有自己特定的见解。他的《随园诗话》里有一段，意思是：“宋朝杨万里说格调是空架子，言词腔调容易模仿，而风趣唯出自性灵，没有天分是做不到的。我袁枚非常欣赏杨慎的话，有性情就有格律。格律自然融汇在性情之中。《诗》三百篇多半是劳碌之众和思念丈夫的妇女率真随性抒发的缱绻之情，又有谁来为他们定格定调？现在来谈论格律又有谁能够超出那些精彩诗篇的范畴？况且，皋陶、大禹圣人大作不同于三百篇，《诗经》中‘国风’的格调也不同于‘雅’‘颂’，格调岂能成为一成不变的定规？”袁枚认为作诗必须懂得追求境界。他援用唐代诗人许浑的诗句“吟诗好似成仙骨，骨里无诗莫浪吟”说：“自三百篇至今日，凡诗之传者，都是性灵，不关堆垛。”“诗难其真也。有性情而后真。”袁枚很可爱，他的诗作源于身边事物，有感而发，随性率真，是真性情的表达。

对于诗词意境的不同诠释，给了笔者朦朦胧胧的感觉：诗词的意境和格律关联并不紧密。理由之一，诗词格律形成之前就有诗就有歌，那时的诗歌一样有深邃的意境情趣；其二，同样是七绝、五律，同一个词牌、曲谱，所表现的主题、抒发的情感、蕴含的意境，随心所欲，天差地别；其三,一些自由诗、现代诗无有格律可循，无有格律约束，照样诗意满满，超越格律的诗家、诗作数不胜数；其四，格律让诗词增添了音乐性，朗诵阅读更富美感，增强了诗词的魅力，但如果为了平仄合韵而调整用字，与初意不尽贴切，就会成为遗憾。

笔者也朦朦胧胧地理解：诗词意境源于性情，重于感悟。

都说诗为心曲。诗词的意境，应是作者最本真、最动人、最耐人回味的感悟。诗词比较于其他文体，外在的区别在形式，本质的区别则在回旋于文字内外的意蕴。诗词因情景人物起兴，以贴合心绪的修辞方式和如歌如诉的音乐节律表现情物，抒发自我，导入可以让读者相知、感动、回味、联想的感悟。这种可以让读者相知、感动、回味、联想的感悟，或许就是意境。当然，诗词不可能都铭刻“虎踞龙盘今胜昔，天翻地覆慨而慷”的宏阔，不可能都舒展“欲穷千里目，更上一层楼”的坦荡，不可能都萌生“举头望明月，低头思故乡”的缱绻，不可能都表现“明月松间照，清泉石上流”的超脱，不可能都宣泄“朱门酒肉臭，路有冻死骨”的悲愤，不可能都激发“待从头收拾旧山河，朝天阙”的昂扬，但至少要来一点“能饮一杯无”的闲适。或许，这就是所谓“诗骨”“诗魂”，是诗词引人循踪制胜的精神内核。

诗词意境靠什么营造？从《诗经》里的“风”“雅”“颂”“赋”“比”“兴”到历代诗家们提炼的经验、阐述的理论，浩如烟海。诗词意境的玄妙，只可意会不可言传。如果要搭接一个通用性框架，或许可以这样概括：设定脉络阐述主题，遣词造句表现情节，字里行间衍生感悟，嵌入典故点缀华彩。这其中，用语需要贴切精致、谐和韵律。这种作诗填词的真功夫，笔者非常敬畏。别说是引喻比兴、借代用典，就连最直白的技巧都难以上手，往往为一个词一个字绞尽脑汁，几天都啃不下来。因为无有信手拈来的本事，于是给自己立了一个堆垛的程序：先理清自己想说什么，再捋捋该怎么说，然后寻砖拾瓦，砌墙盖顶，拆改翻修，栽花种草。这个过程，达意的不合律、合律的不达意的纠结时时碰头，常常以为找到合意合律的字词了，用上之后才发觉：又错了。有时改动数遍，以为可以定稿了，过些时日回头梳理时，发现仍有汗颜的低级错误。不过，一旦形成轮廓，便会有一丝菜鸟捡到谷粒的欣然自足。

根子在修炼。基础是对于文字的认知和把握。能把常用字玩得自如，也可以弄出不错的东西来，关键还在于切意精巧。唐诗三百篇的用字几乎都在常用字里，生僻字为数不多。要把作品修饰得华丽一些，不是靠用古字、生僻字可以奏效的，硬用说不定还会弄巧成拙。

诗词用字的组合当然要讲究语法通顺。诗词圈内特别强调用词要有出处，不可生造。当然，新词的首次使用可能都属于生造。第一次把“洪”与“荒”搭接在一起的，不可不算生造。但词语是约定俗成的。没有前人使用的约定，就没有准确含义的俗成。自己用了，表意不准；读者读了，不明词意。选词用语不仅要寻有出处，还要领悟它的本意。笔者或是欲求入门过于心切，对一些用词只是从字面去理解，未能准确领会本意，随性堆砌，出了洋相。浅尝辄止、不求甚解是要付出代价的。当然，在曲折中，修炼求真务实的心理定力，持守真诚审慎的求知态度，是更为有益的收获。

2018 年，笔者的两位岳叔拟将岳叔公遗存诗稿整理出版，笔者冒昧自荐担任校注。岳叔公是老家惠安甚有名望的草根诗人，创作诗词上万首，岳叔公在古稀之年忆记旧作，逐一誊录，选辑近千首。笔者停止行旅，辞谢应酬，专致劳动于一项全新的作业。大半年里，读到了老人家在吟朋唱和、居家杂咏中，构建情寄家国、怀关时世的大气象，抒发胸襟广博、气质铿锵的真性情；感受到了老诗家打造诗词深邃意境的超卓能量：用字精到，遣词严谨，格律缜密，对仗工整，尤其用典驯熟，无篇不有，信手拈来，不露凿痕。对此，笔者唯有赞叹仰佩，不敢企及。但还是被激励了重新自学诗词的情致，引导了笔者对诗词格律的再认识。笔者将退休之后随性堆砌的词句返工整饬，力求向老人家对于诗词的尊崇与坚守靠近。

因为是随想，没有主题，没有脉络，没有主次，没有轻重，想到说什么就说什么，想到哪里就说到哪里，愿意接受读者的批评指正。

何锦龙

2021 年 8 月

后　记

笔者学诗，一路走来，承蒙多位师友指导帮助。施永康兄长时时鼓励，就诗词素材的组织、格律的把握、字句的润色等，给了提纲挈领式的点拨。尤其邀请笔者参加他的著作《宁杰诗书集》首发仪式，让笔者触及诗家们对诗词创作诸多深刻、实在的体验。晋江曾阅老先生对笔者的第一首诗词习作精心阅批、耐心讲授，老师那慈祥、真诚的音容笑貌，令笔者至今萦萦在怀。泉州诗词学会王仁山会长多次帮助修改习作，还特往书店购买诗词工具书籍上门赠送。多年来，师友陈忠义、周焜民、庄锡福、王乃钦、王仁山、黄富强等在百忙之中拨冗帮助阅改诗稿。诸位师友认真检审，悉心批注。陈忠义教授曾是笔者的母校惠安一中的语文科任教师。本着真挚的师生情谊，更本着作为师长的严实和专致，忠义老师的阅批尤为用心、恳切。诸位师友真诚的帮教态度、严谨的治学精神和专致的学识修养，笔者至为感佩，专此一并感谢！

拙稿在提请各位师友阅改之前，笔者已自行修改多次，本以为可以拿得出手，不意失误累累。不仅多有组词不通、语法不顺、表意不明、谋篇不畅的“基础病”，更有重字重词、用韵出格、平仄失律的“硬伤”，甚至出现对若干常用语词错解错用的窘况。笔者虽觉露丑汗颜，却也重获感受：诗词是庄严的殿堂，唯有长期潜心修炼，方能上道入门。

按各位老师的指导意见，笔者对拙稿一遍遍逐条对照，逐处修改。这几个回合，可以说是自学诗词最入心、最有感触的一段路程和体验。

首先是对遣词用字的感悟。用词的出处需要认真探究。语言是约定俗成的。前人没有用过就不能“俗成”。自行随意拼凑的，读者肯定不解其意，甚至可能心生异议。笔者多处用词或有歧义，或显突兀，与未能细致探究、感知所用语词的出处、本意紧密相关。根子在浅尝辄止，不求甚解。寻找词语的本源与意涵，体现着对文字的理解与尊崇，是学习，是积淀，更是修炼。

其次是对诗词格律的把握。原以为自己只是个诗词爱好者，不必那么讲求诗词格律，失律就失律，出韵就出韵，“无平仄”就“无平仄”。诸位师友帮着核验稿子，对“出格”之处一一标注。笔者被震撼了：老师那么严谨，我能不认真吗？既然学近体诗，就应该尊重格律，遵循格律，在格律的框架里来学来做。笔者把修改作为课堂作业，作为开卷考试，以学生的态度认真完成，希望可以及格。当然，之前与师友的唱和，保持初创的原生态，这也是学生应有的态度。

再者是对诗词意境的探寻。这一堆东西大多是景胜观感，本意想把稿子凑得有点内涵，避免对空呻吟，于是把景区中的标志、亮点、特色拿来堆砌，结果每“块”都弄得太过“实事求是”。自己回看已觉枯燥无趣；别人读来肯定不知所云。修整时尽可能腾出空间，放入“表情”的字句，学着给习作“画个眼”。或许这样，离着诗词能近一点。当然，要想吟诵诸如“遥知不是雪，为有暗香来”的“妙悟”“神韵”，笔者深知遥不可及，但愿意以此为取向，在余年里有所寸进。尽管也有“漫步从容无愧我，闲来拾得几行诗”的自赏，毕竟还弄不出如锡福学兄的“天意从来高难问，复谁识，上善当如水”、福强兄弟的“我与流年皆过客，天教永日尽春风”这样的哲语来。

诸位老师所给的指导，不仅在于格律、谋篇、修辞、表意等技巧，更在于对诗词的态度，对读者的态度。对于诗词，要有敬畏之心，不可浮躁，不可任性；对于读者，要有敬重之态，不可怠慢，不可糊弄。这是习练诗词的基础、底线，也是笔者最深切的感悟和收获。

在《乡念》付梓之际，再次向各位师友致以诚挚的谢意。

何锦龙

2021 年 8 月